ARNO HOLZ

PHANTASUS

VERKLEINERTER
FAKSIMILEDRUCK
DER ERSTFASSUNG

W0413756

HERAUSGEGEBEN
VON GERHARD SCHULZ

PHILIPP RECLAM JUN. STUTTGART

Universal-Bibliothek Nr. 8549
Alle Rechte vorbehalten
© 1968 Philipp Reclam jun. GmbH & Co., Stuttgart
Bibliographisch ergänzte Ausgabe 1984
Gesamtherstellung: Reclam, Ditzingen. Printed in Germany 2002
RECLAM und UNIVERSAL-BIBLIOTHEK sind eingetragene Marken
der Philipp Reclam jun. GmbH & Co., Stuttgart
ISBN 3-15-008549-7

www.reclam.de

Phantasus

von

Arno Holz

Berlin 1898 Sassenbach

Erstes Heft

Nacht.

Der Ahorn vor meinem Fenster rauscht,
von seinen Blättern funkelt der Thau ins Gras,
und mein Herz
schlägt.

Nacht.

Ein Hund . . . bellt, . . . ein Zweig . . . knickt, — still!

Still!!

Du? . . . Du?

Ah, deine Hand! Wie kalt, wie kalt!
Und . . . deine Augen . . . gebrochen!

Gebrochen!!

Nein! Nein! Du darfst es nicht sehn,
dass die Lippen mir zucken,
und auch die Thränen nicht, die ich kindisch um dich vergiesse —

Du armes Weib!

Also nachts,
nachts nur noch wagst du dich,
schüchtern,
aus deinem Sarg?
Um dich auf Zehen zu mir zu schleichen?

Armes Weib!

Verblüht
die Kränze, die du gewunden,
verweht
die Lieder, die du gesungen,
und in deinen Haaren, in deinen schönen Haaren,
klebt nun die
Erde.

Tot, tot, tot . . .

Und deine Flügel, deine armen Flügel!
Unbarmherzig heruntergeschnitten
von den schimmernden Schultern — ah, weine nicht!
Weine nicht!
Hier! Hier! Zu mir sollst du dich setzen,
nächtlich, allnächtlich,
bis der Morgen
graut,
bis die Sonne
scheint,
und die Welt,
die kluge Welt, wieder gleichgültig über dein Grab rollt

Horch!

Der Ahorn vor meinem Fenster rauscht,
der Thau tropft,
und mein Herz
schlägt.

Nacht, Nacht, Nacht . . .

Durch die Friedrichstrasse
— die Laternen brennen nur noch halb,
der trübe Wintermorgen dämmert schon —
bummle ich nach Hause.

In mir, langsam, steigt ein Bild auf.

Ein grüner Wiesenplan,
ein lachender Frühlingshimmel,
ein weisses Schloss mit weissen Nymphen.

Davor ein riesiger Kastanienbaum,
der seine roten Blütenkerzen
in einem stillen Wasser spiegelt!

Ich liege noch im Bett und habe eben Kaffee getrunken.
Das Feuer im Ofen knattert schon,
durchs Fenster,
das ganze Stübchen füllend,
Schneelicht.

Ich lese.

Huysmans. Là Bas.

. . . Alors,
en sa blanche splendeur,
l'âme du Moyen Age rayonna dans cette salle . . .

Plötzlich,
irgendwo tiefer im Hause,
ein Kanarienvogel.

Die schönsten Läufe!

Ich lasse das Buch sinken.

Die Augen schliessen sich mir,
ich liege wieder da, den Kopf in die Kissen — —

Zwischen Gräben und grauen Hecken,
den Rockkragen hoch, die Hände in den Taschen,
schlendre ich durch den frühen Märzmorgen.

Falbes Gras, blinkende Lachen und schwarzes Brachland
so weit ich sehn kann.

Dazwischen,
mitten in den weissen Horizont hinein,
wie erstarrt,
eine Weidenreihe.

Ich bleibe stehn.

Nirgends ein Laut. Noch nirgends Leben.
Nur die Luft und die Landschaft.

Und sonnenlos, wie den Himmel, fühl ich mein Herz!

Plötzlich ein Klang.

Ich starre in die Wolken.

Ueber mir,
jubelnd,
durch immer heller werdendes Licht,
die erste Lerche!

Mitten auf dem Platz,
wo die Kinder lärmen,
bleib ich stehn.

Jungens,
die sich um eine Murmel zanken,
ein kleines Mädchen, das Reifen spielt....

Herr Gott, Frühling!

Und nichts, nichts hab ich gesehn!

Aus allen Büschen
brechen ja schon die Knospen!

Fern liegt ein Land!

In dunklen Nächten
rauschten schwermütig seine Eichen.
Weiche Flocken deckten mein Grab.

Jetzt blühn die Primeln,
die Drossel singt,
und über grüne Wiesen, um den blauen See
treibt der Schäfer seine Schafe.

Weisse Wölkchen gleiten.

Du süsse Welt!
Auf deinen glänzendsten Stern
hast du ein Herz, das dich liebt, gerettet!

Schönes, grünes, weiches Gras.
Drin liege ich.
Mitten zwischen Butterblumen!

Ueber mir,
warm,
der Himmel:
ein weites, zitterndes Weiss,
das mir die Augen langsam, ganz langsam
schliesst.

Wehende Luft, . . . ein zartes Summen.

Nun bin ich fern
von jeder Welt,
ein sanftes Roth erfüllt mich ganz,
und deutlich spür ich,
wie die Sonne mir durchs Blut rinnt —
minutenlang.

Versunken Alles. Nur noch ich.

Selig.

Aus weissen Wolken
baut sich ein Schloss.

Spiegelnde Seeen, selige Wiesen,
singende Brunnen aus tiefstem Smaragd!

In seinen schimmernden Hallen
wohnen
die alten Götter.

Noch immer,
abends,
wenn die Sonne purpurn sinkt,
glühn seine Gärten,
vor ihren Wundern bebt mein Herz
und lange ... steh ich.

Sehnsüchtig!

Dann naht die Nacht,
die Luft verlischt,
wie zitterndes Silber blinkt das Meer,
und über die ganze Welt hin
weht ein Duft
wie von Rosen.

In einem Garten
unter dunklen Bäumen
erwarten wir die Frühlingsnacht.

Noch glänzt kein Stern.

Aus einem Fenster,
schwellend,
die Töne einer Geige....

Der Goldregen blinkt,
der Flieder duftet,
in unsern Herzen geht der Mond auf!

Ich bin der reichste Mann der Welt!

Meine silbernen Yachten
schwimmen auf allen Meeren.

Goldne Villen glitzern durch meine Wälder in Japan,
in himmelhohen Alpenseeen spiegeln sich meine Schlösser,
auf tausend Inseln hängen meine purpurnen Gärten.

Ich beachte sie kaum.

An ihren aus Bronze gewundenen Schlangengittern
geh ich vorbei,
über meine Diamantgruben
lass ich die Lämmer grasen.

Die Sonne scheint,
ein Vogel singt,
ich bücke mich
und pflücke eine kleine Wiesenblume.

Und plötzlich weiss ich: ich bin der ärmste Bettler!

Ein Nichts ist meine ganze Herrlichkeit
vor diesem Thautropfen,
der in der Sonne funkelt.

Vor meinem Fenster
singt ein Vogel.

Still hör ich zu; mein Herz vergeht.

Er singt,
was ich als Kind besass
und dann — vergessen.

Fern auf der Insel Nurapu
blüht der Baum Bo.
In seinen Wurzeln singt die See,
durch seine Zweige ziehn die Sterne.

Auf einem langen Ast, mein Gott: die Hirtin und der — Schornsteinfeger?

Die niedlichen kleinen Schuhe, der goldne Hut,
die schwarze Leiter, der Hirtenstab . . .

Ihr habt also doch nicht zurückgefunden?

Ach Gott, ja:
wenn man aus Porzellan ist!

Das alte Stübchen mit dem Spiegeltischchen,
das verschnörkelte Spind aus Mahagoniholz,
der blaue, gemütliche Kachelofen!

Grossmutters Tulpen!

Das waren noch Zeiten!

Hier ruft keine Kukuksuhr,
hier duftet kein Lawendeltopf;
hier braust die See,
hier fliehn die Sterne.

Und ich sitze und weine bitterlich!

Vergeben? Ich? Dir?
Längst.
Ich thats, noch eh ichs wusste.

Aber vergessen? Vergessen? ... Ach, wenn ichs könnte!

Oft,
mitten im hellsten Sonnenschein,
wenn ich fröhlich bin und „an nichts denke“,
plötzlich,
da,
grau hockt es vor mir,
... wie eine Kröte!

Und Alles, Alles scheint mir wieder schaal. Schaal und trostlos.
Das ganze Leben.

Und ich bin traurig. Traurig über dich ... und mich.

Ueber die Welt hin ziehen die Wolken.
Grün durch die Wälder
fliesst ihr Licht.

Herz, vergiss!

In stiller Sonne
webt linderndster Zauber,
unter wehenden Blumen blüht tausend Trost.

Vergiss! Vergiss!

Aus fernem Grund pfeift, horch, ein Vogel....
Er singt sein Lied.

Das Lied vom Glück!

Vom Glück.

Hinter blühenden Apfelbaumzweigen
steigt der Mond auf.

Zarte Ranken,
blasse Schatten
zackt sein Schimmer in den Kies.

Lautlos fliegt ein Falter.

Ich strecke mich selig ins silberne Gras
und liege da
das Herz im Himmel!

Rote Dächer!
Aus den Schornsteinen, hier und da, Rauch,
oben, hoch, in sonniger Luft, ab und zu, Tauben.
Es ist Nachmittag.
Aus Mohdrickers Garten her gackert eine Henne,
die ganze Stadt riecht nach Kaffee.

Ich bin ein kleiner, achtjähriger Junge
und liege, das Kinn in beide Fäuste,
platt auf dem Bauch
und kucke durch die Bodenluke.
Unter mir, steil, der Hof,
hinter mir, weggeworfen, ein Buch.
Franz Hoffmann. Die Sclavenjäger.

Wie still das ist!

Nur drüben in Knorrs Regenrinne
zwei Spatzen, die sich um einen Strohhalm zanken,
ein Mann, der sägt,
und dazwischen, deutlich von der Kirche her,
in kurzen Pausen, regelmässig, hämmernd,
der Kupferschmied Thiel.

Wenn ich unten runtersehe,
sehe ich grade auf Mutters Blumenbrett:
ein Topf Goldlack, zwei Töpfe Levkoyen, eine Geranie
und mittendrin, zierlich in einem Cigarrenkistchen,
ein Hümpelchen Reseda.

Wie das riecht? Bis zu mir rauf!

Und die Farben!
Jetzt! Wie der Wind drüber weht!
Die wunder, wunderschönen Farben!

Ich schliesse die Augen. Ich sehe sie noch immer.

In einen brennenden Abendhimmel,
aus Staub und Dunkel,
steigt der Dom.

Die Glocken läuten.

Die kleinen Linden stehen schwarz,
vor ihren Thüren sitzen alte Leute.

Feierabend!

Die Gassen schweigen.

Die Gluth erlischt,
am Himmel
leise
ziehn die ewigen Sterne auf.

Zwischen Bergen im Sonnenschein
liegt am Fluss das Städtchen.

Hier oben von meinem Meilenstein seh ich über alle Dächer.

Kerzengrade steigt der Rauch.

Durch einen blühenden Hollunderbusch
unterscheide ich deutlich,
unter der alten Grünspankuppel,
die Thurmuhr.

Ein himmelblaues Zifferblatt mit weissen Zahlen.

Noch drei kleine Striche,
und die gesammte Bürgerschaft
setzt sich pünktlich zu Mittag.

Zwölf!

Es ist heute Sonnabend, es giebt also überall Eierkuchen.

Ich köpfe vergnügt eine Distel
und wandre weiter.

Im Thiergarten, auf einer Bank, sitz ich und rauche;
und freue mich über die schöne Vormittagssonne.

Vor mir, glitzernd, der Kanal:
den Himmel spiegelnd, beide Ufer leise schaukelnd.

Ueber die Brücke, langsam Schritt, reitet ein Leutnant.

Unter ihm,
zwischen den dunklen, schwimmenden Kastanienkronen,
pfropfenzieherartig ins Wasser gedreht,
— den Kragen siegellackrot —
sein Spiegelbild.

Ein Kukuk
ruft.

Lachend in die Siegesallee
schwenkt ein Mädchenpensionat.

Donnerwetter, sind die chic!

Wippende, grünblau schillernde Changeantschirme,
lange, buttergelbe schwedische Handschuhe,
sich bauschende, silbergraue, von roten Tulpen durchflammte Velvetblousen.

Drei junge Leutnants drehn ihre Schnurrbärte.

Monocles.

Die Kavalkade amüsiert sich.

Fünfzig braune, trappelnde Strandschuhe,
fünfundzwanzig klingelnde Bettelarmbänder.

Links,
hinter ihnen drein,
die Blicke kohlschwarz,
ihr Drache.

Wehe!

Wie die Sonne durch die Bäume goldne Kringel wirft . . .

Ach was!

Und ich kriege die Schönste, die sich nicht sträubt, um die Taille,
— die ganze Gesellschaft stiebt kreischend auseinander,
Huuch! die alte Anstandsglucke fällt in Ohnmacht —
und rufe:

Mädchen, entgürtet euch und tanzt nackt zwischen Schwertern!

Ich möchte alle Geheimnisse wissen!

Alle Sterne, über die Meere rollen, schöpf ich mit meiner Hand.

In meine Träume
drehn sich Welten,
und mich entzückt das kleinste Nest,
das im Sommer ein Schwalbenpaar
an meinem Giebel baut.

Das leiseste Zwitschern draus
rührt an mein Herz!

In meinem glühendsten Tulpenbaum
tausend Blüten!

Eine süsse Stimme singt:

„Blaue Flügel aus Perlmutter,
als Hochzeitsbett ein Lilienblatt,
eine ganz kleine Prinzessin!

Keiner kennt mich.

Niemand weiss,
wo mein Haus steht.

Sieben Regenbogenbrücken
funkeln zu ihm durch meinen Garten.

Wenn in deine Seele die Sonne scheint,
besuch mich mal.

Hörst du?"

Starr,
aus Schlangen gewunden,
steht der Baum.

Ein Windstoss rüttelt,
wie tanzende Flammen wehn seine Blüten.

Ich liege zwischen dunklen Spiegelwänden.

Grüne, glimmende Seesterne,
Augen, die glotzen,
ein riesiger Rochen reisst sein Maul auf.

Ein Druck, und sie leuchten!

Durch einen roten Korallenwald segelt ein silberner Mondfisch!

Ich liege und rauche aus meiner Wasserpfeife.

See, See, sonnigste See, soweit du siehst!

Ueber die rollenden Wasser hin, jauchzend, tausend Tritonen.
Auf ihren Schultern,
muschelempor,
hoch,
ein Weib.
Ihre Nacktheit
in die Sonne.

Unter ihr,
triefend,
die blendenden Perlmutterwände immer wieder von Neuem hoch,
dick, feist, verliebt,
wie Kröten,
sieben alte, glamsrige Meertaper.

Die Gesichter! Das Gestöhn und das Gepruste!

Da,
plötzlich,
wütend aus der Tiefe,
Neptun.

Sein Bart
blitzt.

„Hallunken!"

Und, plitschplatsch, sein Dreizack den sieben Schlappschwänzen um die Glatzen.

Die brüllen!

Dann, schnell,
hier noch ein paar Tatschen, dort noch ein Bauch —
weg sind sie.

Die Schöne
lächelt.

Neptun
verbeugt sich.

„Madam?"

In meinen grünen Steinwald
scheint der Mond.

In seinem Licht
sitzt ein blasses Weib und singt.

Von einem Sonnensee,
von blauen Blumen,
von einem Kind, das Mutter ruft.

Müde
fällt die Hand ihr übers Knie,
in ihrer stummen Harfe
glänzt der Mond.

Auf einem vergoldeten Blumenschiff
mit Ebenholzmasten und Purpursegeln
schwimmen wir ins offne Meer.

Hinter uns,
zwischen Wasserrosen,
schaukelt der Mond.

Tausend bunte Papierlaternen schillern an seidnen Fäden

In runden Schalen kreist der Wein.

Die Lauten klingen.

Aus fernem Süd
taucht blühend eine Insel . . .

Die Insel — der Vergessenheit!

Nachts um meinen Tempelhain
wachen siebzig Bronzekühe.

Tausend bunte Steinlampen flimmern.

Auf einem roten Thron aus Lack
sitz ich im Allerheiligsten.

Ueber mir,
durch das Gebälk aus Sandelholz,
im ausgestochnen Viereck,
stehn die Sterne.

Ich blinzle.

Wenn ich jetzt aufstünde,
zertrümmerten meine elfenbeinernen Schultern das Dach,
und der eirunde Diamant vor meiner Stirn
stiesse den Mond ein.

Die dicken Priester dürfen ruhig schnarchen.

Ich stehe nicht auf.

Ich sitze mit untergeschlagenen Beinen
und beschaue meinen Nabel.

Der ist ein blutender Rubin
in einem nackten Bauch aus Gold.

Mich schuf Korinth, ich sah das Meer.

Tausend Jahre
unter Schutt und Tempeltrümmern
lag ich in schwarzer Erde.

Zwischen roten Disteln im Abendschein weideten Ziegen,
über mein blühendes Grab bliesen Hirten.

Tausend Jahre war ich tot.

Heut scheint die Sonne, der Himmel lacht, ich lebe!

Im alten Park
steh ich nackt aus weissem Marmor.

Auf meine Schultern
durch gezacktes Laub
fallen zitternde Tupfen.

Meine Augen,
weit geöffnet,
starren auf ein grünes Wasser.

In breiten, überhängenden Kastanienblättern
spiegelt sich und zuckt
sein Licht.

In einem alten Park ein Schlösschen.

Ueber seinem bemoosten Dach glänzt ein Sommerhimmel,
sieben verwilderte Taxusalleeen
treffen sich vor seiner Thür.

Ich halte die Hand vor und sehe in ein Fenster.

Nichts.

Dann,
blinkend,
ein Goldrahmen,
verschwimmende Farben,
jetzt,
deutlich:

Eine rosenüberstreute Tapete,
ein blauer Divan,
eine nackte Dame füttert einen Kakadu!

Musik.

Durchs Schilf glotzt der Behemot,
sieben nackte Erzengel decken mich mit ihren Schwertern.

Heilig, heilig, heilig ist der Herr!

Die Welt verfliesst,
mein silberner Wolkenbart durchflutet den Himmel.

Jch schnarche.

Eine schwimmende Walfischheerde um Spitzbergen,
ein wehendes Palmenbaumblatt auf Zanzibar,
eine Mücke in Surinam, die ihre Flügel putzt . . .

Nanu?

Ein kleines Mädchen fin de siècle
— schwarze Strümpfe, gelbes Seidenkorsett und lila Höschen,
hinten das blitzende Schniepelchen —
wupps, auf meinem Schooss!

Die Musik verstummt,
der Behemot grunzt,
ihre züngelnden Schlangenschwerter flammend wie Fackeln,
dräuen die Erzengel.

Diese Frechheit!

Das entzückende Balg kitzelt mich mit einer Pfauenfeder.

„Sie . . . Alterchen . . . Bonbon gefällig?

Emmy!!

In meinem schwarzen Taxuswald
singt ein Märchenvogel —
die ganze Nacht.

Blumen blinken.

Unter Sternen, die sich spiegeln,
treibt mein Boot.

Meine träumenden Hände
tauchen in schwimmende Wasserrosen.

Unten,
lautlos, die Tiefe.

Fern die Ufer! Das Lied...

Um mein erleuchtetes Schloss wehn Cypressen.

Ich höre sie nicht. Ich fühle sie.

Alle meine Lichter werden erlöschen.
der letzte Geigenton verklingt,
durchs Fenster
in meinem brechenden Blick
spiegelt sich der Mond.

Aus einem Kornfeld,
schräg zum See,
hob sich die Linde.

Auf schmalem Fussweg an ihr vorbei,
jeden Nachmittag durch die Juliglut zum Baden,
wir Jungens.

Der blaue Himmel, die tausend gelben Blüten, das Bienengesumm!

Und noch immer,
wenn die Andern längst unten waren,
— aus dem Wasser klang ihr Lachen und Geschrei —
stand ich.

Und sah den Himmel
und hörte die Bienen
und sog den Duft.

Unten im Dorf
hinter der Kirchhofsmauer
schläft der Müller.

Die Mühle steht still.

Auf ihrem morschen Gebälk kriechen Marieenkäferchen,
über sie fliegt ein Kukuk hin.

... Kukuk ... Kukuk ...

Den steilen Weg durchs Korn her kommen Kinder,
lachen, schwatzen und stopfen Gras durch die Ritzen.

Eins kuckt durch.

... Kukuk ...

Innen:
Sonnenstrahlen und Schmetterlinge!

Ich weiss.

Oft
wars nur ein Lachen, ein Handdruck von dir,
oder ein Härchen, ein blosses Härchen,
das dir der Wind ins Genick geweht,
und all mein Blut
gährte gleich auf,
und all mein Herz
schlug nach dir.

Dich haben, dich haben,
dich endlich mal haben,
ganz und nackt, ganz und nackt!

Und heut,
zum ersten Mal,
unten am See, glitzernd im Mittag,
sah ich dich so.

Ganz und nackt! Ganz und nackt!

Und mein Herz
stand still.

Vor Glück, vor Glück.

Und es war keine Welt mehr,
nichts, nichts, nichts,

es war nur noch Sonne, nur noch Sonne —

so schön warst du!

Dann losch das Licht,
und durch die Stille
nur noch dein Herzschlag . . .

Seligkeit!

Im Garten, frühauf, pfiff ein Vogel,
von tausend Gräsern troff der Thau,
der ganze Himmel stand in Rosen.

Lieber! Liebe!
Und wieder: Kuss auf Kuss . . .

Was kann die Welt uns jetzt noch bieten!

Ich trat in mein Zimmer.

Die Fenster standen weit auf,
draussen
schien die Sonne.

Wie wunderbar,
Rosen?
Ein ganzer Strauss!
Weisse, gelbe und dunkelrote ...

Ah, wie das duftete! Wie das wohl that!

Und ich stellte das Glas wieder auf meinen Schreibtisch.

Dort steht es und schimmert nun,
und in Alles, was ich schreibe, fällt sein schöner Schein.

Du Liebe, du Gute!

Ein kleines Haus mit grüner Thür
und Herzen in den Fensterläden!

Abends,
unter den Silberpappeln,
sitzen wir mit unsern Jungens.

„Mutter, Mutter, der Mond is kaput!“

Der Kleinste kuckt auch.

„Biela!
Bist du ein Maikäfer?“

„Sa.“

Am andern Morgen ist der Biela krank.
Der arme Biela!
Er sitzt vergnügt im Bett und pappt Kuchen.

Sein Bruder
spielt.

„Du — Mutter?
Mein Bär is auch krank!"

So?
Na was fehlt ihm denn?

„Na, den hat doch n Schmetterling gebissen?"

Ein mal noch,
bevor wir schlafen gehn,
zu unsern Jungens!

In beide Bettchen scheint der Mond.

Der Biela noch im Arm das Püppchen,
sein Bruder um den Hals die Perlenkette ...

Leise,
auf Spitzzehen,
tasten wir in unser Zimmer.

Du gingst.

Die Blätter . . . fallen.

In blaue Dämmrung sinkt das Thal.

Ich starre in die steigenden Nebel. . . .

Da,
einmal noch, aus der Ferne,
weht dein Tuch.

Grüsse! Grüsse!

Ich strecke sehnsüchtig die Arme . . .

Vorbei.

Aus den Silberpappeln schreien die Staare in den Sonnenuntergang.

Kein Laut!
Nur die Pappeln flüstern . . .

Der alte Tümpel vor mir schwarz wie Tinte,
um mich, über mir, von allen Seiten,
auf Fledermausflügeln,
die Nacht,
und nur drüben noch,
zwischen den beiden Weidenstümpfen,
die sich im Dunkeln wie Drachen dehnen,
matt, fahl, verröchelnd,
ein letzter Schwefelstreif.

Auf ihm, scharf, eine Silhouette: ein Faun, der die Flöte bläst.

Ich sehe deutlich seine Finger.
Sie sind alle zierlich gespreizt
und die beiden kleinsten sogar höchst kokett aufwärts gebogen.
Das graziöse Röhrchen quer in ihrer Mitte
schwebt fast wagerecht über der linken Schulter.
Auch die rechte sehe ich.
Nur den Kopf nicht. Der fehlt. Der ist runtergekullert.
Der liegt seit hundert Jahren schon
unten im Tümpel.

Plitsch! —? Ein Frosch.

Ich bin zusammengeschrocken.

Der Streif drüben erlischt,
ich fühle, wie das Wasser Kreise treibt,
und die uralte Steinbank, auf der ich sitze,
schauert mir plötzlich ihre Kälte bis ins Genick hinauf.

. . . . .?

Nein. Nichts. Nur die Pappeln.

Aus schwerem Schlaf
plötzlich erwacht,
— es ist noch Alles dunkel, ich liege da —
formt sich, in mir, langsam, eine Strophe.

Ueber den Sternen . . .

Ueber den Sternen . . .

Ueber den Sternen hängt eine Harfe.

Selig sitzt die Nacht und singt.
Singt, dass die zitternden Herzen klopfen!

Aus den Saiten Sonnen tropfen.

Ueber den Sternen hängt eine Harfe,
selig sitzt die Nacht und singt!

Die Augen zu, die Zähne zusammen,
dass ich nicht schluchze!

Draussen die Düne.

Einsam das Haus,
eintönig,
ans Fenster,
der Regen.

Hinter mir,
tictac,
eine Uhr,
meine Stirn
gegen die Scheibe.

Nichts.

Alles vorbei.

Grau der Himmel,
grau die See
und grau
das Herz.

Kleine, sonnenüberströmte Gärten
mit bunten Lauben, Kürbissen und Schnittlauch.

Noch blitzt der Thau.

Ueber den nahen Häuserhorizont ragen Thürme.

Durch das monotone Geräusch der Neubauten,
ab und zu,
pfeifen Fabriken,
schlagen Glocken an.

Auf einer Hopfenstange sitzt ein Spatz.

Ich stehe gegen einen alten Drahtzaun gelehnt
und sehe zu, wie über einem Asternbeet
zwei Kohlweisslinge taumeln.

Ich öffne ein kleines Gitter.

Die Märzgefallnen.

Ueber den Weg, durch welkes Laub, hüpfen Schwarzdrosseln,
um verwitternde Kreuze im Sonnenlicht spielen glitzernde Fäden.

In einer Ecke,
— der Epheu blinkt, ich bücke mich —
auf einem Stein, liegen Rosen.

Dünne Ranken, graues Moos und Thautropfen.

Die alten Buchstaben sind kaum mehr zu lesen.

Mit Mühe nur entziffre ich:

„E i n . . . u n . . . b e . . . k a n n . . . t e r . . . M a n n."

Ueberm Bett, eingerahmt, hängt der Myrthenkranz.
Vor Jahren
stand am Fenster mal die Nähmaschine;
ein Kanarienvogel sang.

Jetzt
ist das alles anders!

Abends,
wenn die rote Lampe brennt,
kommen fremde Herren in das Stübchen:
alte, junge, wies grad trifft.

Du lieber Gott — das Leben!

Nur manchmal,
wenn der Regen draussen auf die Dächer peitscht,
nachts,
kein Mensch ist mehr wach,
sitzt das Weib und weint . . .

Der tote Mann! Die armen Kinder!

Auf einem Stern mit silbernen Zacken
sitz ich und lach ich — ein kleines Kind.

Vögel und Blumen haben mich lieb,
blonde Engel spielen mit mir.

Unten grämt sich der Vater,
unten schluchzt die Mutter,
ich sitze und flechte mir einen Kranz aus Himmelsschlüsselchen.

Lieber Vater! Liebe Mutter!
Weint nicht!

Seht:

hier wachsen Blumen,
Lämmer springen,
und an jedem blanken Zacken
hängt ein Zuckerherz!

Ich bin ein Stern. Ich glänze.

Thränenbleich
hebst du zu mir dein Gesicht;
deine Hände
weinen.

„Tröste mich!“

Ich glänze.

Alle meine Strahlen
zittern in dein Herz.

Eine schluchzende Sehnsucht mein Frühling,
ein heisses Ringen mein Sommer —
wie wird mein Herbst sein?

Ein spätes Garbengold?

Ein Nebelsee?

Phantasus

von

Arno Holz

Berlin Sassenbach Zweites Heft 1899

Sieben Billionen Jahre vor meiner Geburt
war ich eine Schwertlilie.

Meine Wurzeln
saugten sich
in einen Stern.

Auf seinem dunklen Wasser
schwamm
meine blaue Riesenblüte.

Da so in Hinterindien rum
muss ich schon mal irgendwie gelebt haben.

Ein kleiner Prozentsatz von mir
war mit Schuld daran, dass es mal Gotamo Buddho gab,
und noch heute, nachts, im Traum,
wenn ich ihn nicht mehr so recht kontrolliren kann,
trinkt er Palmwein aus Rhinozeroshörnern.

Drei Tage lang
fiel in den Fluss Fu ein Regen von Pfirsichblüten.

Aus ihren gelben Seidengewändern tauchten die Mädchen und sangen.

Sie wateten ins Wasser, spritzten, kreischten
und kitzelten die Schwäne.

Die Schönste,
lächelnd,
beide Arme unterm Kopf,
liess sich von der Strömung treiben.

Rot,
wie ein Flammenmantel,
floss um sie ihr Haar,
zwei kleine Tröpfchen perlten noch auf ihren Brüsten.

Leda lag nicht nackter.

Die bunten Wellen schaukelten sie an meine schwimmende Insel.

Oh!

schwarzes Bocksgestell, ein Eselsbauch, ein altes, dickbehaartes Vieh mit Hörnern!

Ihre langen Wimpern schlossen sich,
um ihre weissen, zitternden Kniee drängten sich, wankten
Narzissen . . .

e schlug die Augen auf. Ich liess sie nicht. Sie bettelte: Nicht kitzeln, nein?

Süsser!

Zehn zarte, rosenrote Finger
krallten
verliebt in meinen Zottelpelz.

Au! Racker! Du beisst ja! Ist das der Dank?

Sie kicherte.

Mein Bett aus Moos missfiel ihr nicht,
mein langer Bocksbart imponirte ihr,
die Temperatur, auch nachts, ist bereits ganz vorzüglich,
sie gedenkt also noch einige Zeit bei mir zu bleiben.

Ueber den Gipfel des Fuyi-no-yama,
auf Feuerflügeln,
hebt sich Kijo Matija, der graue Drache.

Der Mond verblasst,
alle Sterne erblinden.

Ich packe meinen Bogen aus Ebenholz,
spanne den federnden Bambusbügel
und lege den silbernen Pfeil auf.

Ich ziele.

Mit der Nase
stürzt er in den Baikalsee,
sein linker Hinterzeh zerquetscht den Dhawalagiri.

Die Erde grünt, ihre Saaten schiessen,
alle Weiber gebären wieder!

Alle tausend Jahre
wachsen mir Flügel.

Alle tausend Jahre
saust mein purpurner Drachenleib,
durch die Finsterniss.

In entseelte Himmel
spei ich
Myriaden Sterne!

Am Bach,
unter Weiden,
sitz ich dann, flechte mein langes Goldhaar, singe
und freue mich, wie sie Oben glitzern.

Oben, im siebenten Sommerhimmel, angenehm nackt,
residirt heute der ganze Olymp.

In einem amethystblauen See,
nicht im Mindesten genirt, dass ich ihr hier von Unten zukucke,
badet Frau Venus.

Dort die Dicke, die dem Schwan winkt, ist Juno.

Um Gottes Willen!
Welche verfängliche Positur! Wenn Das der Herr Gemahl sieht!

Der dreht ihr den Rücken,
liegt behaglich wiederkäuend mitten auf einer Smaragdwiese
und lässt sich von liebenswürdigen Nymphen
Lorbeern, Weinlaub und gefüllte Veilchen
um die riesigen Hörner winden.

Unter weissen Sommerwolken —

Blumen und Gräser wiegen sich, ich bin so wunderbar müde.

Aus einer Welt, die unterging, ruft der Vogel Bülow,
in meinen Traum
flammt Mohn, wogt ein Kornfeld.

Durch riesige Korallenwälder
sinke ich immer tiefer.

Seesterne rollen in mir und alte Kronen.

Meine grünen Töchter,
Tang im Haar,
tanzen.

Ich bin die Flut, ich bin die Finsterniss.

Glocken!

Durch die hängenden Zweige eines Birkenwäldchens
glitzert ein Goldhimmel.

Die Sonne sank.

Ich wartete. Wie lange . . .

Unsichtbar,
wie ersticktes Weinen,
klang unter den Weiden der Fluss.

Durchs Dunkel, neben mir, taste ich nach den roten Blumen.

Sie sind welk.

Du hast mich vergessen!

Rote Rosen
winden sich um meine düstre Lanze.

Durch weisse Lilienwälder
schnaubt mein Hengst.

Aus grünen Seeen,
Schilf im Haar,
tauchen schlanke, schleierlose Jungfraun.

Ich reite wie aus Erz.

Immer,
dicht vor mir,
fliegt der Vogel Phönix
und singt.

Der Horizont ein Flammenring,
kein Segel!

Jammernd,
die weissen Hände
ringt
die schönste Frau.

Nur stürzende Wellenberge,
blinkende Delphine
und fern ein Meervolk, das auf Muschelhörnern bläst.

Die Sonne brennt, die Brandung unten zischt,
das Ungeheuer,
mit gestreckten Poten,
die sieben Zungen schlaff aus seinem Maul,
liegt auf dem Rücken und schläft.

Einmal,
zweimal noch,
krümmt sich sein Schweif,
zuckt,
ringelt sich und rollt dann wieder langsam in die Klippen.

Tang und Quallen kriechen an ihm hoch.

Purpurne Citronenwälder
blühen um bläue Meere.

Mit seidnen Segeln
saust
mein Drachenschiff.

Fest,
in den grünen Gischt,
drückt meine Faust das Steuer;
keine Wimper zuckt.

Zu dir! Zu dir!

Unter meinem spiegelnden Goldpanzer,
aus dem die Sonne strahlt,
klopft
mein Herz.

Die Lampe brennt.

Von allen Wänden
schweigen um mich die dunklen Bücher.

Eine kleine Fliege, die noch munter ist,
verirrt sich in den gelben Lichtkreis.

Sie stutzt, duckt sich und tupft mit dem Rüssel auf das Wort

Inferno.

Horche nicht hinter die Dinge. Zergrüble dich nicht. Suche nicht nach dir selbst.

Du bist nicht!

Du bist der blaue, verschwebende Rauch, der sich aus deiner Cigarre ringelt,
der Tropfen, der eben aufs Fensterblech fiel,
das leise, knisternde Lied, das durch die Stille deine Lampe singt.

Um eine rote, glühende Eisensäule bis in den Himmel,
mit spitzen Glasscherben und Scheermessern gespickt,
werde ich an unsichtbaren Ketten langsam rauf und runter gedreht.

Langsam, ruckweis und gründlich.

Ich stöhne, ächze, gurgle, brülle: Hosianna!

In sieben mal siebzig Ewigkeiten,
wenn die Scherben zermürbt sind und die Messer nicht mehr können,
wird die Säule schwarz stehn;
unten,
in dem runden, stinkenden Tümpel um sie,
wird mein Hirn, meine Leber, mein Blut, der ganze Matsch geronnen liegen,
und ich,
„geläutert",
eine verklärte, selig gewordne Liebigbüchse,
werde schluchzend
mit meinem letzten, übrig gebliebenen Knöchelchen
an die Pforte des Paradieses klopfen!

Herr, mein Herr, Du bist sehr herrlich!

Alle Götter der Welt sind Götzen.

Nur Du nicht!

Meine Lippen preisen Dich.

Du bist gnädig und gerecht, Du bist barmherzig!

Ich fürchte mich nicht vor Dir, dass mir die Haut schaudert,
und entsetze mich nicht vor Deinen Rechten.

Deine Gedanken sind so sehr tief!

Du drehst die Kurbel,
die mich um diese Säule quetscht,
Du hast ihre Scherben, Du hast ihre Rasirmesser gewetzt,
Du bist so allgütig . . .

Sieh!

Auf Flügeln,
die wie Silber und Gold schimmern,
in weissen Gewändern,
Rosen im Haar,
schweben
um dieses glühende, zuckende Fleisch
all Deine Engel.

Singend, jubelnd,
in Millionen Schaalen,
sammeln sie meine Freudentränen!

Halleluja!!

Gottseidank!

Die Hausthür ist zu, mich kann Niemand mehr besuchen.

Ich öffne ein Päckchen „Blaubienenkorb"
und stopfe die lange Pfeife.

Es regnet so schön.

In den Schlafrock gewickelt,
die Tapete entlang,
fährt sichs jetzt prächtig nach alten Ländern.

Alles versinkt!

Aus einem stillen, himmlisch blauen Wiesenwässerchen
mit bunten, gespiegelten Blumen und Wolken
lande ich in ein Städtchen.

Die dünnen Gräserchen über die bröckelnde Rundmauer blinken noch,
jedes sich drehende Wetterfähnchen
erzählt mir eine Geschichte.

In unsrer alten Apotheke
mit den vielen Treppen und Dachböden
waren lauter Schornsteine.

Unter den einen konnte man sich mitten drunter stellen
und sah dann am helllichten Tage die Sterne.

Manchmal war Alles dunkel.

Dann sah man garnichts und fühlte nur, wie einem die dicken, schweren Regentropfen
eiskalt auf die Backen platschten.

Aber das Schönste war doch, wenn man kurz vor Weihnachten,
frühmorgens,
wenn das ganze Haus nach Marzipanherzen roch,
grad unter dem kleinen, viereckigen Kuckloch oben,
auf der Erde einen weissen, spitzen Schneehaufen entdeckte.

Der glitzerte dann wie eine Konditormütze!

Ich liege auf dem alten Kräuterboden und „simmiliere".

Der liebe Gott ist der Konditor Knorr.
Er hat eine weisse Mütze
und in seinem Fenster stehn lauter Likörflaschen.
Wenn die Sonne scheint, kann man mitten durch sie durchsehn.
Dann sind die Kuchen dahinter manchmal gelb, manchmal rot und manchmal sogar bla

Der Teufel ist der Schornsteinfeger Killkant.
Er hat einen Cylinderhut und keine Strümpfe. Seine Füsse sind zum Schämen
Wenn der am lieben Gott seine Likörflaschen vorbeigeht,
verdrehn sich seine Augen.

Sie sehn dann weiss aus!

Wenn man tot ist,
wird man in die Erde gebuddelt und kriegt einen Kranz auf den Bauch.

Ja.
Und wenn dann bald wieder Weihnachten ist,
backt die Mutter Judenkringel.

Ach, Judenkringel!

Die kann man immerzu essen. Die sind das Schönste, was es giebt.

Der Mond
sieht den Dächern in die Schornsteine.

Der Ahorn
hinter der alten Sakristei
leuchtet.

Das ganze Städtchen liegt wie versilbert!

Du liest, dass der Herzog von Devonshire jährlich 100,000 Pfund verbraucht und beneidest ihn um seine Jaspispaläste.

Narr!

Bekuck dir den braunen, grüngesprenkelten Kattunpuckel deiner alten Zeitungsfrau, horch, was über deinem Fenster die Schwalbe mit ihren Jungen zwitschert, freue dich, wie die wilde Distel, die du nach Hause trugst, nach Honig duftet, sauge in dich die Sonne!

Jede Sekunde, die du lebst, vergeudet über dich Schätze.

Auf einem Schreibtisch,
neben einem grünverhangenen Fenster, durch das die Sonne scheint,
ischen zwei Büsten aus Bisquitporzellan, rechts „die Kunst", links „die Wissenschaft",
liegen in einem marmorirten Pappdeckel, den ich selbst geklebt habe,
meine ersten Gedichte.

Vor ihnen,
in seinem Lutherstuhl,
im rotplüschnen Schlafrock, unrasiert, die Finger in seiner riesigen Fliege,
mein lieber, alter, väterlicher Freund, Herr Fiebig.

„Klinginsherz!"

Mein erstes Werk — mein erster Kritiker.

Ich sitze da.

Ueber der kleinen Schreibzeugvenus aus Cuivre poli
die drei Alabastergrazien als Briefbeschwerer,
lahinter in goldbedruckten Prachtbänden, deren Titel mich immer so anziehn,
)ie Wunder der Zeugung", „Liebe und Ehe", „Der Mensch und sein Geschlecht",
l drüben — zwischen den beiden Schweizerlandschaften — nahezu lebensgross,
die badende Oeldrucknymphe:
eine blendende Brust, ein sinkendes Tuch, ein errötendes Lächeln,
Schenkel, wie aus einem Schlächterladen!

Meine bedrängten Augen irren angstvoll weiter.

Was wird er sagen?

Sein Daumen, nass gemacht, dreht schon die letzte Seite!

Ein leeres Papageienbauer, ein Bücherspind, Ariadne auf Naxos,
inem ovalen Alfenidschälchen, gleich obenauf, die Visitenkarte des Hausherrn:
„Redakteur des Herzblättchen, Zeitschrift für Neuvermählte!"

Weiter! Oben die Decke! Auch dort!

Zwischen Veilchen, Rosen und Vergissmeinnicht,
auf einem Tintfass,
ein dicker, fleischfarbner Amor,
r, umspielt von Schmetterlingen, mit einer Pfauenfeder in ein Buch schreibt
„Ohne Liebe gleicht das Leben einer Rose ohne Duft!"

Und ich fühls:
ich bin über und über rot geworden!

Dicke, gelbe Butterblumen!

Der Rasen blinkt, die Götter glänzen.

Eine nackte Venus untersucht ihr Knie, ein steinerner Hercules schlägt die Leyer.

Die Wasser stürzen, die Wolken eilen,
die Welt voll Sonne.

Frühling!

In meinem Herzen
träumt das Bild eines kleinen Mädchens
mit geöffneten Lippen und lachenden Augen.

So eine kleine Fin-de-Siècle-Krabbe, die Lawn tennis schlägt!

Rote, gewellte Madonnenscheitel,
eine lichtblaue Blouse aus Merveilleux
und im flohfarbnen Gürtel ein Veilchensträuschen,
das nach amerikanischen Cigaretten duftet.

Um ihren linken Seidenknöchel,
wenn sie die weissen Bälle pariert,
klirrt ein Goldkettchen.

Abends ist Feuerwerk.

Man drängelt sich mit ihr in eine möglichst dustre Ecke,
lässt sie sich schmachtend an seinen Busen lehnen
und sieht zu, wie die Sterne zerplatzen.

Ah!

Ein Fünfminutenkuss und gar kein Fischbein.

Ich zeige dir den Mond durch einen Frühlingsbaum.

Jede Blüte, jedes Blättchen
hebt sich aus seinem Glanz.

Jede Blüte, jedes Blättchen
schimmert.

Beide Arme
schlingst du mir um den Hals!

Das kleine Jöhr in mir,
das nach jedem Sonnenstrahl greift und nach jedem Schmetterling,
das Vergissmeinnichtaugen hat und das mir vor meinem Tode hoffentlich nicht sterben wird,
entzückt sich noch immer über Ludwig Richter.

Der Grosspapa liebt Walter Scott.

Mein Schläfchen,
sonntags,
wenn es zu Mittag Nelson-Cotteletts,
Karpfen in Bier, oder vielleicht gar eine Gans gegeben,
erledige ich auf einem blauen, grüngestreiften Biedermannssopha,
über dem an einer gelben Urvätertapete ein Stich von Chodowiecki hängt;
und auf meinem Vertiko,
zwischen zwei Sträussen aus Zittergras,
paradiert eine blanke mit bunten Blumen bemalte Porzellankuh,
die, während ich schnarche, gemolken wird.

Indessen!

Das hindert mich Alles nicht.

Abends,
auf der Redoute,
mitten unter dem mittelsten Kronleuchter,
bin ich durchaus Europäer.

Eine wandelnde, höchst appetitliche Reklame für einen Wurstladen
hat ausser ihren Brillantohringen wirklich auch noch Tricots an.

Ich hebe mit gespreizten Fingern meinen Handschuh,
lancsiere ihn ihr geschickt bis auf fünf Millimeter vor das schwarze, glänzende Taffetnäschen,
lächle
und lasse ihn dann fallen.

Er bleibt sofort stecken.

„Na, kleener Sectproppen, Kostenpunkt?"

Auf seiner lustigen Hallelujawiese
duldet mein fröhliches Herz keine Schatten.

Rote, lachende Rubensheilige
tanzen mit nackten Wiener Wäschermadeln Cancan.

Unter fast brechenden Leberwurstbäumen
küsst Corregio die Jo.

Niemand geniert sich.

Goethe, der Hundsfott, langt sich quer über den Schooss die dicke Vulpius.

Kleine, geflügelte Lümmels rufen Prost,
Jobst Sackmann, mein Liebling, setzt n lüttn Kümmel Aquavit drup!

Er kann kein Vogelgezwitscher vertragen.

Die sogenannten Naturlaute der Nachtigallen und Lerchen
sind ihm zuwider.

Sein Hirn
ist vollständig mit Watte tapeziert.

In der Mitte
kauert eine kleine Rokokovenus
und piet aus Silber
in einen goldnen Nachttopf.

Im Hause, wo die bunten Ampeln brennen,
glänzen auf demselben Bücherspind,
über George Ohnet, Stinde und Dante,
Schiller und Goethe:
beide beteiligt an ein und demselben Gypskranz!

Im Hause, wo die bunten Ampeln brennen,
hängt an derselben Wedgwoodtapete, über demselben Rokokoschirm,
zwischen Klinger und Hokusai,
Anton von Werner.

Im Hause, wo die bunten Ampeln brennen,
spielen dieselben schlanken Hände, auf demselben Ebenholzflügel,
mit demselben Charm und Chic
Frédéric François Chopin und Ludolf Waldmann.

Im Hause, wo die bunten Ampeln brennen,
auf vergoldeten Stühlchen sitzend,
trinkt man Chablis, Pilsner und Sect,
kommt dann peu-à-peu auf Nietzsche,
zuletzt wird getanzt.

Ich küsse entzückt der Hausfrau die Hand,
enttäusche einen älteren, glattrasirten Herrn
mit baumwollnen Handschuhen und Wadenstrümpfen
durch eine Mark Trinkgeld
und verschwinde.

Durch einen schwarzen, schwehlenden Schneckengang
stinken Pechfackeln.

Grüne, johlende Meerkater
mit Eisenklauen und geringelten Schwänzen
schieben, schleppen, zerren, beissen mich
vor die boshaften Greise.

Die hocken, Strohkronen auf ihren Schädeln, und blinzeln.

Ihre langen Geierhälse recken sich,
aus ihren Froschmäulern quillt Geifer.

hast Unsre Tropfsteinstühle bespien! Du hast über Unsre Gesässschwielen gelacht!
Du hast Unsre Excremente nicht verehrt!

Schon hebt der Henker, eine Mandril, seinen riesigen Plättbolzen.

Der glüht!

Die Bestien brüllen, das Eisen zischt,
rotes, berstendes Blutlicht zersprengt die Höhle.

Pestkanaillen!!

Ich strample, stosse, schäume, schreie, schlage wütend um mich.

Stürzen die Sterne zusammen,
bricht die Welt ein?

Auf meinem Bettvorleger,
in kleinen Tümpeln,
zwischen den blauen, blitzenden Scherben meiner Karaffe,
glitzert die Morgensonne.

In den Grunewald,
seit fünf Uhr früh,
spie Berlin seine Extrazüge.

Ueber die Brücke von Halensee,
über Spandau, Schmargendorf, über den Pichelsberg,
von allen Seiten,
zwischen trommelnden Turnerzügen, zwischen Kremsern mit Musik,
entlang die schimmernde Havel,
kilometerten sich die Chausseeflöhe.

„Pankow, Pankow, Pankow, Kille, Kille" „Rixdorfer" „Schunkelwalzer" „Holzauktion

Jetzt ist es Nacht.

Noch immer
aus der Hundequäle
quietscht und empört sich der Leierkasten.

Hinter den Bahndamm, zwischen die dunklen Kuscheln,
verschwindet
eine brennende Cigarre, ein Pfingstkleid.

Luna: lächelt.

Zwischen weggeworfnem Stullenpapier und Eierschalen
suchen sie die blaue Blume!

In graues Grün
verdämmern Riesenstämme.

Von greisen Aesten
hängt
in langen Bärten Moos.

Irgendwo . . hämmernd . . ein Specht.

Kommt der Wolf? Wächst das Wunschkraut hier?

Wird auf ihrem weissen Zelter,
lächelnd,
auf mein klopfendes Herz zu,
die Prinzessin reiten?

Nichts.

Wie schwarze Urweltkröten,
regungslos,
hockt am Weg der Wachholder.

Zwischendurch
giftrot
leuchten Fliegenpilze.

Drei kleine Strassen
mit Häuserchen wie aus einer Spielzeugschachtel
münden auf den stillen Marktplatz.

Der alte Brunnen vor dem Kirchlein rauscht,
die Linden duften.

Das ist das ganze Städtchen.

Aber draussen,
wo aus einem blauen, tiefen Himmel Lerchen singen,
blinkt der See und wogen Kornfelder.

Mir ist Alles wie ein Traum.

Soll ich bleiben? Soll ich weiterziehn?

Der Brunnen rauscht . . . die Linden duften.

Hinter hohen Mauern
hinter mir
liegt ein Paradies.

Grüne, glitzernde Stachelbeersträucher,
eine Strohbude
und Bäume mit Glaskirschen.

Niemand weiss von ihm.

An einem Halm
klettert ein Marienkäferchen,
plumps, und fällt in goldgelbe Butterblumen.

Hilfreich neigen sich Tausendschönchen,
Stiefmütterchen machen ein böses Gesicht.

Verschollen
glänzen die Beete!

Das alte Nest! Die alten Dächer!

Aus dunklen Linden dort
der Turm!

Wie klangen Sonntags seine Glocken,
draussen, fern, wo der Kukuk rief . . .

Da wars so still.

Wir pflückten Blumen,
sangen
und horchten, wie's im Bach kluckerte.

Zwanzig Jahre drüberhin!

Noch einmal jung sein! Mit neuen Augen in die Welt sehn!
Ach, wer das könnte!

Noch immer,
durch den brütenden Sommer,
singen die Lerchen.

Meine blinkende Sichel
zischt durchs Korn.

Im roten Kopftuch
hinter mir
müht sich mein Weib und sammelt die Aehren.

Mit nackten Beinchen
und kleinen, braunen Fäusten, die Blumen halten,
liegt, lacht und strampelt
unser Glück.

Grossmutter im Lehnstuhl ist eingeschlafen.

Vom Fenster,
durch die weissen Zwirngardinen,
leuchten die Hyazintentüten.

Im Tarlatankleidchen, am alten Klavier,
sitzt noch immer artig das kleine Linchen und spielt.

Eine Musik aus Sonnenstäubchen!

Aus grauem Himmel
sticht die Sonne.

Jagende Wolken, blendendes Blau!

Ins grüne Gras greift der Wind, die Silberweiden sträuben sich.

Plötzlich — still.

Auf einem jungen Erlenbaum
wiegen sich blinkende Tropfen!

Ueber Tannen und blassen Birken ballt der Abend rote Wolken.

Jetzt ist mein Herz dieser See.

Noch ein Mal, blitzend, streift ihn ein Flügel.

Leise,
dunkel schläft er ein.

Purpurne Fische
schwimmen durch mein dunkles Wasser,
weisse Lotosblumen
blühn.

Immer neue Tempelkränze
bauten um mich die frommen Völker.

Millionen Lippen dürsten nach mir.

Langsam,
jedes Jahrhundert einen Tropfen hoch,
schwillt
meine Flut.

Ueber bunte Porphyrtreppen spül ich um grüne Säulen.

Tausend Kuppeln
glitzern aus meinem Grund!

Sieben Septillionen Jahre
zählte ich die Meilensteine am Rande der Milchstrasse.

Sie endeten nicht.

Myriaden Aeonen
versank ich in die Wunder eines einzigen Thautröpfchens.

Es erschlossen sich immer neue.

Mein Herz erzitterte!

Selig ins Moos
streckte ich mich und wurde Erde.

Jetzt ranken Brombeeren
über mir,
auf einem sich wiegenden Schlehdornzweig
zwitschert ein Rotkehlchen.

Aus meiner Brust
springt fröhlich ein Quell,
aus meinem Schädel
wachsen Blumen.

Hinter den Brettern, die die Welt vernageln,
sitzt ein Frosch mit goldnen Augen.

Schade!

Wenn ich jetzt drüben sässe,
wäre ich ein Königssohn.

Gärten aus blühenden Rosenlauben
funkelten,
Springbrunnen plätscherten,
in ihren weissen Armen wiegte mich eine Prinzessin . . .

Da, kuck, ein Astloch.

Ich blinzle durch.

Eine grüne Wiese mit Klapperkraut,
Gänse,
Schnips, der Hund,
und dazu, stubsnäsig, Trine,
die, den Rock schon vorn zu kurz — Lichter zieht und Schmalzbrot kaut!

Auf das braune, vertrocknete Laub um die Tiergartenseeen
scheint die Novembersonne.

Mit schillernden Köpfchen aus verzaubertem Grün
wärmen sich in ihr die Enten.

In stilles,
blaues Wasser mit Wolken
wachsen verkehrt schwarze Bäume.

Unter dunklen, treibenden Novemberwolken
verdämmert die Haide.

Gebückt,
am Wegrand,
sitzst du und starrst
auf deine welken Hände.

Lebst du noch?

Gemartert,
im Dornenstrauch,
zittert ein letztes Blättchen!

Auf einem Berg aus Zuckerkant,
unter einem blühenden Machandelbaum,
blinkt mein Pfefferkuchenhäuschen.

Seine Fensterchen sind aus Goldpapier,
aus seinem Schornstein raucht Watte.

Im grünen Himmel, über mir, rauscht die Weihnachtstanne.

In meinem See aus Staniol
spiegeln sich alle ihre Engel, alle ihre Lichter!

Die kleinen Kinder stehn rum
und staunen mich an.

Ich bin der Zwerg Turlitipu.

Mein dicker Bauch ist aus Traganth,
meine Beinchen Streichhölzer,
meine listigen Aeugelchen
Korinthen.

Zwölf!

Durch die Gardinen in den Weihnachtsbaum
scheint der Mond.

Alle Engelchen glitzern.

Im weissen Kleidchen schluchzt die Braut,
wir halten Hochzeit.

Katerlieschen ist unsre Grossmama,
unser Grosspapa heisst Rumpelstilzchen.

Eine uralte Familie!

Die ganze Sippschaft,
alle Marzipanschweinchen sind geladen.

Leise,
knisternd,
seinen Segen,
singt der Weihnachtsstern.

In meine Dachkammer,
eine Etage höher als der Himmel,
kommen sie alle.

Menschen, die Goya und Utamaro lieben,
seltne, ganz ausgefallne, verdrehte Exemplare und Hühner,
die Palestrina über Pietro Mascagni stellen,
alte Herren, die heimlich, wenn im März die Veilchen wieder blühn,
auf den Strassen kleinen Rotznasen Bonbons zustecken,
und junge Leute, die Bücher verkaufen
und Sonntags, in ihren Mussestunden, den lieben Gott totschlagen.

Der Meister, der Meester, der Maëstro, der Maëstrino und der Maëstrillo.

Der Maëstrillo, wie immer, ist der Erste.

Er schüttelt den Schnee von den Schultern,
zieht die Handschuhe aus, knüpft das Halstuch ab,
die nassen Galoschen stellt er draussen neben den Rauchfang auf die Bodentreppe

Um unser rotes, irisches Oefchen, auf Feldstühlchen,
sitzen wir dann,
horchen, wie ab und zu, unsichtbar, durch die Stille auf den Rost der Coaks nachrutscht
und freuen uns, wie durchs Dunkel unsre Cigarren glühn!

Auf meinen Probiertisch,
unter die Schusterkugel,
schleppen die jungen, täppischen Riesen mir ihre Missgeburten.

Die leblosen Gliederchen hängen schief, die Aeuglein drehn sich nicht,
lauter Alräunchen!

Hier renke ich ein Rückgrat ein,
dort trepaniere ich eine Schädeldecke,
mit einem Zwirnsfaden, kunstvoll, knipse ich ein Bein ab.

Dann nehme ich ein Prieschen,
rücke die schwarze Hornbrille und stelle die Lampe zurecht.

So.

Nun stippe ich in den Farbentopf.

Polichinell, der noch zu gebildet aussieht, kriegt als Nase eine Leberwurst,
Colombinchen, noch immer nicht schön genug, ein Zinnobermäulchen,
ein quäkendes Engelsküken, hilft ihm Alles nichts, einen Perlmutterpopo!

Um Euern Garten,
damit Ihr unter blühenden Bäumen lachen, jubeln und singen könnt,
runde, rolle, ringle ich meinen Drachenleib.

In respectvoller Distance,
mit Steinen, Brechstangen und Kotheimern,
steht das Gesindel.

Seine Wut schäumt auf, seine Ohnmacht brüllt,
wenn hinter den hohen Spiegelmauern, über die Rosen ranken,
plötzlich Eure Cymbeln tönen,
oder auf weissen, springenden Wassern, über die höchsten, steilsten Cypressen
Eure goldnen Bälle tanzen.

Aus ihren Augen, aus ihren Fäusten,
aus ihren lautlos geduckten Schultern
zittert die Gier:
wie Bestien über Eure Leiber stürzen,
johlend nach Euern Herzen graben,
durch schwarze, rauchende Tempeltrümmer Eure gestürzten Götter schleifen!

Meine Krallen glimmen, meine Augen glühn . . .

Die Diele knackt!

Mir graut
vor meinem Schatten.

Es hat einen dicken Krötenbauch,
Geierkrallen,
lange, schlenkernde Affenarme und Schweinsaugen . . .

Ich leuchte in alle Winkel.

Staub,
abgeblätterter Kalk, tote Fliegen und Spinnweben.

Wie ich mich endlich unter das Bett bücke,
die Haare sträuben sich mir, das Licht schlottert,
in eine Ecke geklemmt,
sitzt das Biest da.

Aus seinem Maul,
halb zerkaut,
hängt mein Pantoffel.

Entsetzt
stieren wir uns an.

Leise,
hin und her,
ringelt sich sein Rattenschwanz.

In rote Fixsternwälder, die verbluten,
peitsch ich mein Flügelross.

Durch!

Hinter zerfetzten Planetensystemen, hinter vergletscherten Ursonnen,
hinter Wüsten aus Nacht und Nichts
wachsen schimmernd Neue Welten — Trillionen Crocusblüten!

ANMERKUNGEN

Der Faksimiledruck wurde gegenüber dem Original um 12,5 % verkleinert. Da die beiden Hefte des Originals keine Seitenzählung besitzen, wurde eine durchgehende Paginierung eingefügt. Drei Druckfehler wurden berichtigt: S. 27, Z. 19: „Blüten." statt „Blüten"; S. 88, Z. 13: „aus der Hundequäle" statt „aas der Hundequäle"; S. 100, Z. 1: „Tiergartenseeen" (entsprechend S. 67 „Seeen", S. 34 „Taxusalleeen" und der Phantasus-Ausgabe von 1916 nicht Tiergartenseen) statt „Tiergartenseee".

8 Joris-Karl Huysmans ist der Verfasser des Romans *Là-Bas* (1891), in dem sich auch das folgende Zitat befindet. – Vgl. *Là-Bas*, Paris: Plon 1935, S. 246 (18. Kapitel).

17 Holz bezieht sich in diesem Gedicht auf Hans Christian Andersens Märchen *Die Hirtin und der Schornsteinfeger*, dem die Requisiten Z. 6-17 entnommen sind.

21 Einige der hier genannten Namen (Thiel, Knorr) sowie Anklänge an die Situation des Gedichtes finden sich bereits in der Erzählung *Der erste Schultag* in dem Band *Papa Hamlet.* Leipzig 1889.
Franz Hoffmann (1814–82) war ein bekannter Jugendschriftsteller der Zeit. *Die Sclavenjäger* ist eines seiner zahlreichen Bücher.

24 Vgl. dazu das folgende Gedicht von Paul Ernst in *Polymeter* (1898):

Über eine kleine Brücke, die gebogen ist,
Reitet ein ernsthafter junger Leutnant
Mit einem breiten, roten Kragen.

Und im stillen Wasser unten,
Zwischen den schwimmenden Blättern einer Seerose,
Spiegelt sich der ruhige Himmel
Und eine kleine Brücke, die gebogen ist,
Und ein Leutnant auf seinem Pferd,
Mit einem breiten, roten Kragen.

(Abdruck in *Der Wille zur Form,* Schriften der Paul-Ernst-Gesellschaft, Heft 8, S. 291.)

35 *Behemot:* das biblische Nilpferd, vgl. Hiob 40, 15 ff.
Heilig, heilig, heilig ist der Herr: vgl. Jesaja 6, 3.

51 *Die Märzgefallnen:* die in den Straßenkämpfen am 18. März 1848 in Berlin gefallenen 230 Barrikadenkämpfer. Ihre Gräber befinden sich auf dem Friedhof im Friedrichshain in Berlin.

65 Der *Vogel Bülow* ist im Volksmund ein Name für den Pirol.

67 Holz hat Robert Ress gegenüber geäußert, daß ihm beim Niederschreiben von Z. 8 das Reiterstandbild des Bartolomeo Colleoni von Verrocchio (1436–88) vorgeschwebt habe.

73 *Herr, mein Herr, Du bist sehr herrlich:* vgl. Psalm 104, 1.

76 Wie in den Versen S. 21 finden sich auch in diesem Gedicht Namen aus Arno Holz' früher Erzählung *Der erste Schultag* (Konditor Knorr, Schornsteinfeger Killkant).

79 In seinem Drama *Sozialaristokraten* hat Holz Herrn Fiebig, seine Kleidung und seine Wohnung mit gleichen Worten beschrieben. Gemeint ist Hugo Krügel, ein Berliner Original, von dem Holz in einem Brief an Reinhard Piper am 23. 8. 1897 mit Bezug auf das Drama und auf das Gedicht folgendes schreibt: „Die Scene bei Fiebig und dieser selbst allerminutiöseste Wirklichkeit bis auf Schnapspulle, Taschentuch und Prise. Der Mann *gab* mir damals die Mark zum Strauß, *fragte* mich, ob ich mich denn nich for Annan intressierte etc. etc. ... Mein damals erstes Zusammentreffen mit Herrn Fiebig, resp. dessen Urbild, habe ich kürzlich in einer kleinen Skizze, die ich Ihnen mal zuschicken werde – sie wird wahrscheinlich in der ‚Zukunft' erscheinen – geschildert ... Der Mann ist so unerschöpflich, daß ich mit ihm bequem zehn Bände würde füllen können. Im Übrigen ist er mir aber als Mensch so lieb und ich habe ihn so gern, daß ich tatsächlich nicht Viele weiß, denen ich mich ‚näher' fühle. –" (A. Holz, *Briefe*, S. 116.)
Klinginsherz ist Holz' erstes Gedichtbuch (vgl. Bibliographie).

84 *Jobst Sackmann:* ein lutherischer Theologe (1643–1718), der derb-naive Predigten in niederdeutscher Sprache hielt.

85 Das Gedicht ist gegen Stefan George gerichtet.

86 *Georges Ohnet* (1848–1918), französischer Romanschriftsteller und Dramatiker.

Julius Stinde (1841–1905), Modeschriftsteller, durch seine humoristischen Darstellungen des Berliner Kleinbürgertums *(Die Familie Buchholz)* bekannt.

Max Klinger: der Maler und Bildhauer (1857–1920).

Katsushika Hokusai (1760–1849), ein japanischer Maler und Zeichner, dessen Werk die Kunst des ausgehenden 19. Jahrhunderts beeinflußte.

Anton von Werner (1843–1915), Genre- und Historienmaler.

Ludolf Waldmann, ein Modekomponist (*Incognito,* Operette 1887).

88 *Hundequäle* ist wohl eine Verballhornung von Hundekehle, dem Namen eines Gartenlokals im Berliner Bezirk Grunewald.

94 *Tarlatan* ist ein leichtes, durchsichtiges, mitunter durch Metallfäden verziertes Baumwollgewebe.

102 *Traganth:* eine Art Gummi.

104 *Utamaro,* Familienname Kitagawa, ist ein japanischer Zeichner und Maler (1753–1806).

Holz wird hier von seinen Freunden besucht (vgl. Nachwort, S. 147). Der „Meister“ ist Rolf W. Martens, der „Meester“ Max Wagner, der „Maëstro“ Georg Stolzenberg, der „Maëstrino“ Robert Ress und der „Maëstrillo“ Reinhard Piper.

105 Vgl. Nachwort, S. 147.

106 Vgl. Nachwort, S. 147.

BIBLIOGRAPHIE

Werke von Arno Holz

(Es werden nur Titel angeführt, auf die im Nachwort Bezug genommen wurde.)

Klinginsherz. Lieder von Arno Holz, Berlin: Arendt, 1883.

Emanuel Geibel. Ein Gedenkbuch, hrsg. von Arno Holz, Berlin/Leipzig: Parrisius, 1884.

Das Buch der Zeit. Lieder eines Modernen, Zürich: Verlags-Magazin, 1886.

Bjarne P. Holmsen [Arno Holz und Johannes Schlaf], *Papa Hamlet*, übers. und mit einer Einl. vers. von Bruno Franzius, Leipzig: Reißner, 1889.

Arno Holz [und] Johannes Schlaf, *Die Familie Selicke. Drama in drei Aufzügen*, Berlin: Issleib, 1890.

Die Kunst. Ihr Wesen und ihre Gesetze, Berlin: Issleib, 1891/92.

Buch der Zeit. Lieder eines Modernen, 2., verm. Aufl., Berlin: F. Fontane, 1892.

Socialaristokraten, Rudolstadt/Leipzig: Mänicke & Jahn, [1896].

Phantasus, H. 1, 2, Berlin: Sassenbach, 1898/99.

Revolution der Lyrik, Berlin: Sassenbach, 1899.

Der Band enthält u. a.:

S. 21–31: *Selbstanzeige* des Phantasus, zuerst erschienen in: *Die Zukunft*, 30. April 1898 (*Das Werk*, Bd. X, S. 487–508);

S. 31–40: *Eine Replik* und *Hoffentlich Schluß!* [gegen Karl Freiherr von Levetzow] (Bd. X, S. 509–528);

S. 40–47: *„Meine" neue Lyrik* [gegen Franz Mehring] (Bd. X, S. 528–542);

S. 47–68: *Noch einmal „meine" neue Lyrik* [gegen Max Bruns u. a.] (Bd. X, S. 543–585);

S. 101–118: *Nachtrag* [gegen Arthur Möller-Bruck] (Bd. X, S. 173 bis 210).

Die Blechschmiede, Leipzig: Insel-Verlag, 1902.

Sonnenfinsternis. Tragödie, Berlin: Sassenbach, 1908.

Phantasus, H. 1–3, Dresden: Reißner, 1913.

Ignorabimus. Tragödie, Dresden: Reißner, 1913.
Phantasus, Leipzig: Insel-Verlag, 1916.
Das Werk, erste Ausg. mit Einf. von Hans W. Fischer, 10 Bde., Berlin: Dietz, 1924/25.
Bd. VII: *Phantasus I*, 1925;
Bd. VIII: *Phantasus II*, 1925;
Bd. IX: *Phantasus III*, 1925;
Bd. X: *Die neue Wortkunst. Eine Zusammenfassung ihrer ersten grundlegenden Dokumente*, 1925.
Briefe. Eine Auswahl, hrsg. von Anita Holz und Max Wagner, mit einer Einf. von Hans Heinrich Borcherdt, München: Piper, [1948].
Werke, hrsg. von Wilhelm Emrich und Anita Holz, 7 Bde., Neuwied/Berlin: Luchterhand, 1961–64.
Bd. I–III: *Phantasus* [Nachlaßfassung]. Bd. VII enthält S. 474 ff. eine Bibliographie der Werke von Arno Holz und S. 481 ff. eine Bibliographie der Literatur über Arno Holz.

Ausgewählte Literatur zum „Phantasus"

Arnold, Heinz Ludwig (Hrsg.), *Arno Holz*, München 1994 (Text und Kritik 121).
Brandstetter, Alois, „Gestalt und Leistung der Zeile im ‚Phantasus' von Arno Holz. Ein Beitrag zur Ästhetik der Syntax", in: *Wirkendes Wort* 16 (1966) H. 1, S. 13–18.
Burns, Rob, *The Quest for Modernity. The Place of Arno Holz in Modern German Literature*, Frankfurt a. M. / Bern: Lang, 1981.
Closs, August, „Arno Holz. New Forms in German Lyric", in: *The Poetry Review* 21 (1930) Nr. 2, S. 99–110.
– „Zur Phantasus-Zeile von Arno Holz", in: *Dichtung und Volkstum (Euphorion)* 37 (1936) S. 498–504.
– *Die freien Rhythmen in der deutschen Lyrik. Versuch einer übersichtlichen Zusammenfassung ihrer entwicklungsgeschichtlichen Eigengesetzlichkeit*, Bern: Francke, 1947. [Darin: S. 158–170: Arno Holz: *Phantasus.*]
Cowen, Roy C., *Der Naturalismus. Kommentar zu einer Epoche*, München: Winkler, 1973. [Darin: S. 223–234: Arno Holz: *Phantasus.*]
Döblin, Alfred, *Aufsätze zur Literatur*, Olten/Freiburg: Walter, 1963. [Darin: S. 133–138: *Grabrede auf Arno Holz* (1929); S. 138–145: *Vom*

alten zum neuen Naturalismus. Akademierede über Arno Holz (1930); S. 145–163; *Einführung in eine Arno-Holz-Auswahl* (1951).]

Emrich, Wilhelm, „Arno Holz und die moderne Kunst“, in: W. E., *Protest und Verheißung*, Frankfurt a. M. / Bonn: Athenäum Verlag, 1960, S. 155–168.

– „Arno Holz – sein dichterisches Experiment“, in: *Neue Deutsche Hefte* 10 (1963) H. 94, S. 43–58.

Fauteck, Heinrich, „Arno Holz“, in: *Neue Rundschau* 77 (1963) H. 3, S. 459–476.

Fischer, Hans W., *Arno Holz. Eine Einführung in sein Werk*, Berlin: Dietz, 1924.

Funke, Erich, „Zur Form des ‚Phantasus‘“, in: *The Germanic Review* 15 (1940) S. 50–58.

Geisendörfer, Karl, *Motive und Motivgeflecht im „Phantasus“ von Arno Holz*, Diss. Würzburg 1962.

– „Die Entwicklung eines lyrischen Weltbildes im ‚Phantasus‘ von Arno Holz“, in: *Zeitschrift für deutsche Philologie* 82 (1963) S. 231 bis 248.

Heißenbüttel, Helmut, „Vater Arno Holz“, in: H. H., *Über Literatur. Aufsätze und Frankfurter Vorlesungen*, München: Deutscher Taschenbuch Verlag, 1970, S. 32–35.

– „Ästhetik der Wortkunst: Arno Holz und sein ‚Phantasus‘“, in: Heinz Ludwig Arnold (Hrsg.), *Arno Holz*, München 1994 (Text und Kritik 121), S. 64–75.

Hermand, Jost, [Einführung zu] Arno Holz, *Phantasus*, New York / London: Johnson, 1968 [Repr. der Erstaus. 1898/99].

Heselhaus, Clemens, *Deutsche Lyrik der Moderne von Nietzsche bis Yvan Goll*, Düsseldorf: Bagel, 1961. [Darin: S. 166–177: Arno Holz: *Der Phantasus-Rhythmus*.]

Iskra, Wolfgang, *Die Darstellung des Sichtbaren in der dichterischen Prosa um 1900*, Münster: Aschendorff, 1967 [Diss. Münster 1964].

Kesting, Marianne, „Arno Holz – ein behinderter Neuerer“, in: M. K., *Entdeckung und Destruktion. Zur Strukturumwandlung der Künste*, München: Fink, 1970, S. 172–188.

Klein, Alfred (Hrsg.), *Die Akte Arno Holz. Aus dem Archiv der Deutschen Schillerstiftung*, H. 8, Berlin/Weimar: Aufbau-Verlag, 1965.

Kleitsch, Franz, *Der „Phantasus“ von Arno Holz*, Würzburg–Aumühle: Triltsch, 1940.

Lichtenstern, Käthe, *Der Phantasus von Arno Holz in seiner formalen Entwicklung*, Diss. Wien 1963.

Marinoni, Bianca, „Arno Holz e la rivoluzione delle lirica", in: *Rivista di letterature moderne e comparate* 17 (1964) S. 98–111.

Markwardt, Bruno, *Geschichte der deutschen Poetik*, Bd. V: *Das zwanzigste Jahrhundert*, Berlin: de Gruyter, 1967.

Mehring, Franz, *Aufsätze zur deutschen Literatur von Hebbel bis Schweichel*, Berlin: Dietz, 1961. [Darin: S. 200–210: ⟨Arno Holz⟩, 1898; S. 230–237: *Der Fall Holz*, 1896; S. 522: ⟨Arno Holz⟩, 1900.]

Milch, Werner, *Arno Holz. Theoretiker, Kämpfer, Dichter*, Berlin: Goldstein, 1933.

Möbus, Hanno, *Der Positivismus in der Literatur des Naturalismus: Wissenschaft, Kunst und soziale Frage bei Arno Holz*, München: Fink, 1980.

Motekat, Helmut, *Arno Holz. Persönlichkeit und Werk*, Kitzingen: Holzner, 1953.

– *Experiment und Tradition*, Frankfurt a. M. / Bonn: Athenäum Verlag, 1962. [Darin: S. 20–31: *Absicht und Irrtum des deutschen Naturalismus.*]

Oeste, Robert, *Arno Holz: The Long Poem and the Tradition of Poetic Experiment*, Bonn: Bouvier, 1982.

Rappl, Hans-Georg, *Die Wortkunsttheorie von Arno Holz*, Diss. Köln 1957.

Reß, Robert, *Arno Holz und seine künstlerische, weltkulturelle Bedeutung. Ein Mahn- und Weckruf an das deutsche Volk*, Dresden: Reißner, 1913.

Schaukal, Richard, „Arno Holz", in: *Das litterarische Echo* 5 (1902/03) Sp. 881–887.

Scherpe, Klaus R., „Der Fall Arno Holz", in: Gert Mattenklott / K. R. S., *Positionen der literarischen Intelligenz zwischen bürgerlicher Reaktion und Imperialismus*, Kronberg: Athenäum Verlag, 1973, S. 121–178.

Scheuer, Helmut, *Arno Holz im literarischen Leben des ausgehenden 19. Jahrhunderts (1883–1896). Eine biographische Studie*, München: Winkler, 1971.

Schickling, Dieter, *Interpretationen und Studien zur Entwicklung und geistesgeschichtlichen Stellung des Werkes von Arno Holz*, Diss. Tübingen 1965.

Schmidt-Henkel, Gerhard, *Mythos und Dichtung. Zur Begriffs- und Stilgeschichte der deutschen Literatur im neunzehnten und zwanzigsten Jahrhundert*, Bad Homburg: Gehlen, 1967. [Darin: S. 132–155: *Arno Holz und der proteische Mythos des „Phantasus".*]

Schultz, Hartwig, *Vom Rhythmus der modernen Lyrik. Parallele Vers-*

strukturen bei Holz, George, Rilke, Brecht und den Expressionisten, München: Hanser, 1970.
Schulz, Gerhard, „Sprache im ‚Phantasus‘ von Arno Holz“, in: *Akzente* 18 (1971) S. 359–378.
– *Arno Holz. Dilemma eines bürgerlichen Dichterlebens*, München: C. H. Beck, 1974.
Stoltenberg, H. L., „Arno Holz und die deutsche Sprachkunst“, in: *Zeitschrift für Ästhetik und allgemeine Kunstwissenschaft* 20 (1926) S. 156–180.
Strobl, Karl Hans, *Arno Holz und die jüngstdeutsche Bewegung*, Berlin: Gose & Tetzlaff, 1902.
Strohschneider-Kohrs, Ingrid, „Sprache und Wirklichkeit bei Arno Holz“, in: *Poetica* 1 (1967) H. 1, S. 44–66.
Turley, Karl, *Arno Holz. Der Weg eines Künstlers*, Leipzig: Koch, 1935.
Winko, Simone, „‚Hinter blühenden Apfelbaumzweigen steigt der Mond auf‘: Japanrezeption und Wahrnehmungsstrukturen in Arno Holz’ frühem ‚Phantasus‘“, in: *Jahrbuch der deutschen Schillergesellschaft* 38 (1994) S. 271–206.
Zur Linde, Otto, *Arno Holz und der Charon. Eine Abrechnung*, Groß-lichterfelde: Charonverlag, 1911.

KONKORDANZ DER PHANTASUS-GEDICHTE

Die Übersicht enthält folgende Angaben:

1. Erstdruck
   Die Angaben beziehen sich auf die folgenden Zeitschriften und Anthologien:
   Das Magazin für die Literatur des In- und Auslandes, Berlin 1832–1915;
   Die Zukunft, Berlin 1892–1922;
   Pan, Berlin 1895–1900;
   Jugend, München 1896–1940;
   Ver Sacrum, Wien/Leipzig 1898–1903;
   Moderner Musen-Almanach auf das Jahr 1893, München 1893.
   Wo Angaben des Erstdrucks fehlen, wurden die Gedichte zuerst im *Phantasus* 1898/99 veröffentlicht.
2. 1898/99
   Eingefügte Seitenzahlen des vorliegenden Faksimiledrucks nach *Phantasus,* Berlin 1898/99 (vgl. Bibliographie).
3. 1916
   Seitenzahlen der Ausgabe im Insel-Verlag (vgl. Bibliographie).
4. 1925
   Seitenzahlen der Ausgabe im Insel-Verlag (vgl. Bibliographie). *Werk* (vgl. Bibliographie). Diese drei Bände sind fortlaufend paginiert.
5. 1961/62
   Band und Seite der Nachlaßfassung in Bd. I-III von *Werke* (vgl. Bibliographie).
6. Überschriften
   Diese Überschriften wurden von Arno Holz in die letzte Fassung (Nachlaßfassung) eingefügt und zuerst 1961 veröffentlicht.

Die Tabelle enthält lediglich Angaben über die Stellen, wo die Gedichte der ersten Ausgabe des *Phantasus* in den späteren Fassungen zu finden sind. Die in den späteren Fassungen neu hinzugetretenen Gedichte werden nicht verzeichnet.

	Erstdruck
Nacht. Der Ahorn vor meinem Fenster rauscht	Magazin (1891), S. 166
Durch die Friedrichstrasse	Pan III (1897), S. 83
Ich liege noch im Bett und habe eben Kaffee getrunken	Pan III (1897), S. 82 f.
Zwischen Gräben und grauen Hecken	Pan III (1897), S. 16
Mitten auf dem Platz, wo die Kinder lärmen	–
Fern liegt ein Land!	Pan III (1897), S. 214
Schönes, grünes, weiches Gras	Pan II (1896), S. 7
Aus weissen Wolken	Musenalm., S. 82
In einem Garten unter dunklen Bäumen	Pan III (1897), S. 83 f.
Ich bin der reichste Mann der Welt!	Jugend III (1898), S. 40
Vor meinem Fenster	–
Fern auf der Insel Nurapu	Pan III (1897), S. 84
Vergeben? Ich? Dir?	Musenalm., S. 75
Ueber die Welt hin ziehen die Wolken	Pan II (1896), S. 8
Hinter blühenden Apfelbaumzweigen	Pan III (1897), S. 85
Rote Dächer!	Musenalm., S. 76 f.
In einen brennenden Abendhimmel	Pan III (1897), S. 213
Zwischen Bergen im Sonnenschein	–
Im Thiergarten, auf einer Bank, sitz ich und rauche	Jugend III (1898), S. 40
Lachend in die Siegesallee	Pan III (1897), S. 82
Ich möchte alle Geheimnisse wissen!	–
In meinem glühendsten Tulpenbaum	–
Ich liege zwischen dunklen Spiegelwänden	–
See, See, sonnigste See, soweit du siehst!	Musenalm., S. 80 f.
In meinen grünen Steinwald	Jugend III (1898), S. 41
Auf einem vergoldeten Blumenschiff	Jugend III (1898), S. 40

1898/99	1916	1925	1961/62	Überschrift in 1961/62
[Erstes Heft]				
5	235 f.	1117 ff.	III, 279 ff.	Tragische Sendung
7	43	207 ff.	I, 251 ff.	Wintergroßstadtmorgen
8				
9	43 f.	209 f.	I, 255 f.	Erste Lerche
10	44 f.	210 ff.	I, 257 ff.	Verklärtes Häusermeer
11	46	214 ff.	I, 261 f.	Verwandelte Erde!
12	46 f.	215 f.	I, 262 f.	Mählich durchbrechende Sonne
13	214	833 ff.	I, 544 ff.	Abendliches Purpurgewölk
14	52	225 f.	I, 274 f.	Erklingende Geige
15	319 f.	1290 ff.	III, 470 ff.	An einem jungen Sommermorgen
16	37	199	I, 240 f.	Lied eines Vogels
17	40	203 f.	I, 246 f.	Rücktrauer
18	63 f.	256 f.	I, 310 f.	Schmerz
19	67	261	I, 314	Leidlösendes Trio
20	51 f.	224 f.	I, 273 f.	Mondabend
21	36 f.	196 ff.	I, 238 ff.	Unvergeßbare Sommersüße
22	73 f.	276 ff.	I, 331 ff.	Pfingstvorabend in einem süddeutschen Städtchen
23	72	274 ff.	I, 329 ff.	Auf einer Wanderung
24	47	216 f.	I, 264 f.	Brücke zum Zoo
25	48	217 ff.	I, 265 f.	Siegesallee
26				
27	91 f.	317 f.	I, 383 f.	„Liriodendron Tulipifera“
28				
29	215 f.	835	I, 549 ff.	Barocke Marine
30	249 f.	1172 f.	III, 343 f.	Welt, die nie wurde!
31	102 f.	334 f.	I, 406 ff.	Fernste Fahrt

	Erstdruck
Nachts um meinen Tempelhain	Jugend III (1898), S. 41
Mich schuf Korinth, ich sah das Meer	Jugend III (1898), S. 41
In einem alten Park ein Schlösschen	Pan III (1897), S. 214
Musik. Durchs Schilf glotzt der Behemot	–
In meinem schwarzen Taxuswald	Jugend III (1898), S. 40
Um mein erleuchtetes Schloss wehn Cypressen	–
Aus einem Kornfeld	Jugend III (1898), S. 41
Unten im Dorf	Pan III (1897), S. 84 f.
Ich weiss. Oft	Musenalm., S. 70 f.
Dann losch das Licht	Musenalm., S. 72
Ich trat in mein Zimmer	Musenalm., S. 73
Ein kleines Haus mit grüner Thür	Jugend III (1898), S. 40
Am andern Morgen ist der Biela krank	–
Ein mal noch	–
Du gingst	Pan III (1897), S. 214
Kein Laut!	Musenalm., S. 78 f.
Aus schwerem Schlaf	Pan III (1897), S. 81 f.
Draussen die Düne	Musenalm., S. 74
Kleine, sonnenüberströmte Gärten	Pan III (1897), S. 213
Ich öffne ein kleines Gitter	–
Ueberm Bett, eingerahmt, hängt der Myrthenkranz	Pan III (1897), S. 213
Auf einem Stern mit silbernen Zacken	Pan III (1897), S. 214
Ich bin ein Stern. Ich glänze	Pan III (1897), S. 214
Eine schluchzende Sehnsucht mein Frühling	Pan III (1897), S. 86

1898/99	1916	1925	1961/62	Überschrift in 1961/62
32	212 f.	756 ff.	I, 462 ff.	Südostasiatisches Tempelnotturno
33	216 ff.	841 ff.	I, 553 ff.	Aphrodite
34	70 f.	269 ff.	I, 323 ff.	Ai, kieke da!
35	228 f.	859 ff.	I, 574 ff.	„Titti!!"
36	80 f.	290 f.	I, 352 f.	Nächtiges Traumsterben
37	322 f.	1303 ff.	III, 482 ff.	Tiefst innerster Grundakkord
38	35 f.	194 f.	I, 235 f.	Die uralte Kornfeldlinde
39	36	195 f.	I, 236 f.	Verfallende Mühle
40	53	227 f.	I, 276 f.	Von freier Höhe
41	54	228 f.	I, 277 f.	Erfüllung
42	54 f.	229 ff.	I, 279 ff.	Morgendlicher Rosenstrauß
43	74 f.	278 f.	I, 335 f.	Gleichweit von Geburt und Tod, 1
44	75	279 f.	I, 337 f.	Gleichweit von Geburt und Tod, 2
45	75 f.	280	I, 338	Gleichweit von Geburt und Tod, 3
46	62	231 f.	I, 281 f.	Schwere Trennung
47	71 f.	272 ff.	I, 327 ff.	Verglostende Dämmerung
48	250 f.	1174 f.	III, 344 f.	In einer spätwinterlichen Vorfrühe
49	63	254 ff.	I, 309 f.	Trostlos rieselndes Tropfen
50	84	303 f.	I, 367 f.	Verzitternder Nachsommer
51	83 f.	301 ff.	I, 365 ff.	Friedhof im Friedrichshain
52	82 f.	296 ff.	I, 360 ff.	Moderne Großstadtballade
53	92 f.	318 ff.	I, 384 ff.	Himmelslegendchen
54	64	257	I, 311 f.	Abklang
55	248 f.	1170	III, 341	Bange, herzklopfende Frage

	Erstdruck
Sieben Billionen Jahre vor meiner Geburt	Ver Sacrum I (1898), Nov. (unpag.)
Da so in Hinterindien rum	–
Drei Tage lang	–
Ueber den Gipfel des Fuyi-no-yama	Zukunft, Jan. 1899, S. 173
Alle tausend Jahre	Ver Sacrum I (1898), Nov. (unpag.)
Oben, im siebenten Sommerhimmel, angenehm nackt	–
Unter weissen Sommerwolken	–
Die Sonne sank	Zukunft, Jan. 1899, S. 174
Rote Rosen	Ver Sacrum I (1898), Nov. (unpag.)
Der Horizont ein Flammenring	–
Purpurne Citronenwälder	Jugend IV (1899), S. 71
Die Lampe brennt	–
Horche nicht hinter die Dinge. Zergrüble dich nicht. Suche nicht nach dir selbst	–
Um eine rote, glühende Eisensäule bis in den Himmel	–
Herr, mein Herr, Du bist sehr herrlich!	–
Gottseidank! Die Hausthür ist zu, mich kann Niemand mehr besuchen	–
In unsrer alten Apotheke	–
Ich liege auf dem alten Kräuterboden und „simmiliere“	–
Der Mond	–
Du liest, dass der Herzog von Devonshire jährlich 100,000 Pfund verbraucht	–

1898/99	1916	1925	1961/62	Überschrift in 1961/62
[Zweites Heft]				
59	7	3 f.	I, 7 f.	Selbstsicherer Auftakt
60	7 ff.	4 ff.	I, 8 ff.	Machtmythus
61	100 ff.	759 ff.	I, 466 ff.	Die schwimmende Liebeswunder-Zaubergarten-Toteninsel Tio-Tiu
62	103 f.	335 ff.	I, 408 ff.	Alter Goldgrund-Kakemono
63	237	1121	III, 283 f.	Die sich immer wieder neu Gebärende
64	216	838 ff.	I, 546 ff.	Aus legerster Froschperspektive
65	68 f.	264 ff.	I, 318 ff.	Feldrain-Siesta
66	61 f.	251 ff.	I, 306 ff.	Gewesenes Jahr!
67	93	320 f.	I, 386 f.	Heroisches Tryptichon, 1
68	93 ff.	322 f.	I, 387 ff.	Heroisches Tryptichon, 2
69	95 ff.	325 ff.	I, 391 ff.	Heroisches Tryptichon, 3
70	219	356 f.	I, 436 f.	Inferno
71	223	365	I, 447	Letztschöpferische Erkenntnis
72	224	847 f.	I, 559 f.	Hohndankknirschendes Hosianna und Halleluja dem anthropomorphen All-Einigen, 1
73	224 f.	849 f.	I, 561 f.	Hohndankknirschendes Hosianna . . ., 2
74	113 ff.	375 ff.	II, 7 ff.	Das tausendundzweite Märchen
75	25	170 ff.	I, 200 ff.	Die wonnig unheimliche Goldmacherküche
76	26	174 ff.	I, 205 ff.	Die Sache mit den Judenkringeln
77				
78	78	285 f.	I, 344 ff.	Selbstabkanzelung vor einem ixbeliebigen Steinhaufen

	Erstdruck
Auf einem Schreibtisch	–
Dicke, gelbe Butterblumen!	Pan III (1897), S. 214
So eine kleine Fin-de-Siècle-Krabbe, die Lawn tennis schlägt!	–
Ich zeige dir den Mond durch einen Frühlingsbaum	–
Das kleine Jöhr in mir	–
Auf seiner lustigen Hallelujawiese	–
Er kann kein Vogelgezwitscher vertragen	–
Im Hause, wo die bunten Ampeln brennen	Jugend IV (1899), S. 71
Durch einen schwarzen, schwehlenden Schneckengang	Zukunft, Jan. 1899, S. 175
In den Grunewald	–
In graues Grün	Jugend IV (1899), S. 71
Drei kleine Strassen	Zukunft, Jan. 1899, S. 175
Hinter hohen Mauern	Zukunft, Jan. 1899, S. 174
Das alte Nest! Die alten Dächer!	Ver Sacrum I (1898), Nov. (unpag.)
Noch immer	–
Grossmutter im Lehnstuhl ist eingeschlafen	–
Aus grauem Himmel	–
Ueber Tannen und blassen Birken ballt der Abend rote Wolken	–
Purpurne Fische	–
Sieben Septillionen Jahre	Zukunft, Jan. 1899, S. 174
Hinter den Brettern, die die Welt vernageln	–
Auf das braune, vertrocknete Laub um die Tiergartenseeen	Zukunft, Jan. 1899, S. 173
Unter dunklen, treibenden Novemberwolken	–

1898/99	1916	1925	1961/62	Überschrift in 1961/62
79	241 f.	1135 ff.	III, 302 ff.	In memoriam, 1
80	49 f.	220 ff.	I, 268 ff.	Überschwenglicher Frühling
81	48 f.	219	I, 267	In die Luft gezaubertes Pastell
82	56 ff.	233 ff.	I, 283 ff.	Gewesenes Jahr!
83	77 f.	282 ff.	I, 341 ff.	Denunziatorisches Selbstportrait
84	251	1175 ff.	III, 345 ff.	Die Hallelujawiese
85	240	1130 ff.	III, 291 ff.	Einem verehrten Antipoden
86	241	1132 ff.	III, 294 ff.	Kurfürstendammvilla
87	237 f.	1123 ff.	III, 285 ff.	Mahrtraum
88	81	294 ff.	I, 356 ff.	Berliner Himmelfahrtstag
89	80	289 f.	I, 349 ff.	Deutscher Sommerwald
90	67	262	I, 314 f.	Märkisches Städtchen
91	38	199 f.	I, 241 f.	Versunkener Garten
92	38 f.	200 ff.	I, 242 ff.	Nach einem Menschenalter
93	76	281	I, 339	Lustig krahlender Nach-Nestling
94	32 f.	188 f.	I, 225 ff.	Großmutters achtundsiebzigster Geburtstag
95	45	212 f.	I, 259 ff.	Abklingendes Aprilgewitter
96	79	288 f.	I, 348 f.	Nach einem seltsam windunruhigen Tag
97	213 f.	758 f.	I, 465 f.	Drängende Steilflut
98	232	872 f.	I, 593	Dreizehn verschluchzende Ikten in eine tönende Harfe
99	91	315 f.	I, 380 ff.	WENN ich jetzt, WENN ich nicht, WENN mir nicht
100	85	305 f.	I, 371	Herbst im Tiergarten, 3
101	86 f.	310 f.	I, 375 f.	Innere Vision

	Erstdruck
Auf einem Berg aus Zuckerkant	Ver Sacrum I (1898), Nov. (unpag.)
Zwölf! Durch die Gardinen in den Weihnachtsbaum	Ver Sacrum I (1898), Nov. (unpag.)
In meine Dachkammer	–
Auf meinen Probiertisch	–
Um Euern Garten	–
Die Diele knackt!	–
In rote Fixsternwälder, die verbluten	–

1898/99	1916	1925	1961/62	Überschrift in 1961/62
102	26 f.	177	I, 208 ff.	Turlitipu, 1
103	32	187 f.	I, 223 ff.	Turlitipu, 3
104	251 ff	877 ff.	III, 7 ff.	Großer Dichtermittwochnachmittag in meiner Feuerstuhlbude
105	314 ff.	1103 ff.	III, 263 ff.	„Es ist doch gut, daß niemand weiß“
106	318 f.	1113 f.	III, 274 ff.	Drachenwacht!
107	109	353 f.	I, 432 ff.	Mitternacht
108	237	1123	III, 284 f.	Durch!

NACHWORT

I

Besondere literarische Ambitionen hatte der ehemalige Sattler Johann Sassenbach nicht, als er gegen Ende des vergangenen Jahrhunderts in Berlin einen Verlag gründete. Als Gewerkschaftsführer war er, wie Paul Ernst in seiner Autobiographie *Jünglingsjahre* berichtet, um die Volksaufklärung besorgt, und da er sich nicht einem kapitalistischen Verleger versklaven wollte, so entschloß er sich, seine selbstverfaßten Schriftchen über Jesuiten, Freimaurer und Hexenprozesse im eigenen Verlag herauszubringen. Da er Erfolg hatte, verschloß er sich nicht dem Ansinnen, mit seinem Unternehmen dem Fortschritt auch auf dem Gebiete der Literatur zu dienen.

Im Jahre 1898 erschien bei ihm ein Heft mit fünfzig Gedichten von Arno Holz, das in einer Jugendstilvignette – entworfen von Fritz Rumpf – den Titel *Phantasus* trug. Im Jahre darauf folgte, vom gleichen Verfasser und mit dem gleichen Titel, ein zweites Heft mit wiederum fünfzig Gedichten und gleichzeitig in größerem Format eine Streitschrift, die auf dem Einband in roten Lettern verriet, was Arno Holz mit seinen drei Bändchen in Praxis und Theorie einzuleiten beabsichtigte: eine *Revolution der Lyrik.*

Nun hat allerdings das Wort *Phantasus* kaum einen revolutionären Beigeschmack. In der Mythologie der Griechen und Römer ist Phantasus ein Sohn des Schlafs, der durch seine vielen Verwandlungen in den Menschen das Gaukelspiel der Träume hervorruft. In den *Metamorphosen* beschreibt ihn Ovid, als er von den Söhnen des Morpheus spricht:

Noch ist dort ein Dritter von ganz verschiedenen Gaben,
Phantasos, welcher in Land, in Gestein, in Wasser, in Balken
Und was der Seel' entbehrt, mit glücklicher Leichtigkeit eingeht.

Dieses merkwürdige Wesen, das sich vielfältig in die Erscheinungen der unbelebten Natur verwandeln konnte, wurde zuerst durch Ludwig Tieck zu literarischem Rang erhoben. Er stellte den Phantasus 1811 in einem langen Einleitungsgedicht zu einer – gleichnamigen – Sammlung eigner Erzählungen und Dramen dar als „ein Knäblein", „das Haupt gekränzt mit jungen Rosen", das den Dichter von der Überlast spekulativer Philosophie befreit und ihn zurückführt zum frischen Leben der Dichtung und zu der alles durchdringenden Macht der Liebe.

Holz' lyrischer Held war eine ungleich ernstere, ja tragische Gestalt. Schon in seiner ersten eigenständigen Gedichtsammlung, dem *Buch der Zeit*, das Holz 1886 als Dreiundzwanzigjähriger veröffentlichte, trat Phantasus als der Titelheld eines langen Gedichtzyklus auf:

Ihr Dach stieß fast bis an die Sterne,
Vom Hof her stampfte die Fabrik,
Es war die richtge Miethskaserne
Mit Flur- und Leiermannsmusik!
Im Keller nistete die Ratte,
Parterre gab's Branntwein, Grogk und Bier,
Und bis ins fünfte Stockwerk hatte
Das Vorstadtelend sein Quartier.

Dort saß er nachts vor seinem Lichte
– Duck nieder, nieder, wilder Hohn! –
Und fieberte und schrieb Gedichte,
Ein Träumer, ein verlorner Sohn!
Sein Stübchen konnte grade fassen
Ein Tischchen und ein schmales Bett;
Er war so arm und so verlassen,
Wie jener Gott aus Nazareth!

Doch pfiff auch dreist die feile Dirne,
Die Welt, ihn aus: „Er ist verrückt!"
Ihm hatte leuchtend auf die Stirne
Der Genius seinen Kuß gedrückt.

Und wenn vom holden Wahnsinn trunken,
Er zitternd Vers an Vers gereiht,
Dann schien auf ewig ihm versunken
Die Welt und ihre Nüchternheit.

In Fetzen hing ihm seine Blouse,
Sein Nachbar lieh ihm trocknes Brod,
Er aber stammelte: „O Muse!"
Und wußte nichts von seiner Noth.
Er saß nur still vor seinem Lichte,
Allnächtlich, wenn der Tag entflohn,
Und fieberte und schrieb Gedichte,
Ein Träumer, ein verlorner Sohn!

Phantasus ist hier der arme Dachstubenpoet, Herr über eine Welt von bunten Träumen und versklavt an die Misere einer geistlosen und kunstfeindlichen Wirklichkeit. In dreizehn Gedichten schildert Holz das Nebeneinander von Erhebung und Demütigung in der Existenz dieser empfindsamen Seele. Gefangen in seiner Mietskaserne, hungernd und frierend, von Tod und Elend rings umgeben, schwingt er sich doch immer wieder auf zum Traumflug um die Welt als Adler, zum Heldenleben als orientalischer Fürst oder als Geliebter der Aphrodite. Er wird Weggefährte des Ahasver und schließlich sein eigener Gott – nur ist sein Reich nicht von dieser Welt. Fülle und Schönheit vergehen mit den Träumen der Nacht, die Misere holt ihn ein auf seinem Fluge:

Und als der Morgen um die Dächer
Sein silbergraues Zwielicht spann,
Da war der arme, bleiche Schächer
Ein stummer und ein stiller Mann.
In seines Mantels grauen Falten,
So lag er da, kalt und entstellt –
Fürwahr, er hatte Recht behalten,
Sein Reich war nicht von dieser Welt!

Was Holz hier darstellt – „die états d'âme eines jungen Poeten in Liedern, der an der Trivialität seines Milieus zugrunde geht hoch oben in Berlin N. in irgendeiner Dachstube" (Bd. X, S. 10)[1] –, war im Grunde sein lyrisches Selbstporträt; die sich durch die magische Kraft des dichterischen Wortes proteushaft in alles verwandelnde Gestalt des Phantasus hat ihn sein Leben lang ebenso begleitet wie die Sorge um Mittel zur Sicherung seiner Existenz als Schriftsteller. Zunächst blieb der *Phantasus* allerdings im Schatten anderer Werke. Im Bunde mit Johannes Schlaf hatte Holz eine naturalistische Reform der Prosa und des Dramas unternommen. 1889 erschien beider Erzählung *Papa Hamlet* (UB 8853/54) und ein Jahr später das Milieustück *Die Familie Selicke* (UB 8987). Dann bemühte sich Holz um die theoretische Grundlegung für eine Erneuerung der Kunst in seiner Schrift *Die Kunst. Ihr Wesen und ihre Gesetze* (1891).

Im gleichen Jahr erschien aber auch im *Magazin für die Literatur des In- und Auslandes* ein Gedicht von Arno Holz, das zum erstenmal die Technik des in Prosa und Drama geübten „Sekundenstils", der minuziösen, möglichst objektiven Beschreibung äußerer und innerer Vorgänge auf die Lyrik anwandte. Es war das Gedicht „Nacht", das Holz dann im folgenden Jahr in die zweite Auflage seines *Buches der Zeit* aufnahm und das später, leicht verändert, seinen *Phantasus* eröffnen sollte (S. 5 f.)[2]. Er nannte es selbst ein „erstes Experiment" (Bd. X, S. 410). Mit der *Phantasus*-Thematik hatte dieses Gedicht allerdings nur geringe Berührung: in nächtlicher Einsamkeit wird der Dichter von dem Geist der in dürftiger Zeit geschändeten und gemordeten Göttin der Poesie besucht. Noch weniger Beziehung zum Dachstuben-Phantasus hatten die neun Gedichte, die in dem von Otto Julius Bierbaum herausgegebenen „Sammelbuch deutscher Kunst", dem *Modernen Musen-Almanach auf das Jahr 1893* erschienen. Es waren Gedichte vom Glück und der Vergäng-

1. Die Angaben von Band und Seite beziehen sich auf *Das Werk* von Arno Holz, Berlin 1924/25 (vgl. Bibliographie).

2. Einfache Seitenangaben beziehen sich auf die vorliegende Ausgabe des *Phantasus*.

lichkeit einer Liebe, dazu ein paar Impressionen von Kindheit, Garten, Meer und Wolken und eine spöttische Heine-Reminiszenz (vgl. Konkordanz S. 118 ff.), die sogleich öffentliche Aufmerksamkeit fanden, als „Telegrammlyrik" oder „Depeschenstil" etikettiert.

Das Phantasus-Thema – der arme Poet als Herr und Herz der Welt – blieb also zunächst noch von den Versuchen zur formalen „Revolution der Lyrik" getrennt. Die Brücke wurde zuerst geschlagen, als im dritten Jahrgang der Zeitschrift *Pan* (1897) im ersten Heft das Gedicht „Vorfrühling" (S. 9) und im zweiten Heft „Lyrik aus einem neuen Cyklus: Phantasus" erschien. Hier war formal der Übergang zu der Anordnung der Zeilen nach der Mittelachse vollzogen, und nach einer Reihe weiterer Einzelveröffentlichungen in Zeitschriften, vor allem wieder im *Pan* und in der *Jugend*, erschien dann Anfang 1898 das erste Heft mit fünfzig Gedichten eines Zyklus, der, wie Holz schrieb, „in endlich erster Ausgestaltung meiner alten Idee den alten Gesamttitel ‚Phantasus' tragen wird". Der alte Gedanke und die neue Form hatten zusammengefunden. Holz betont allerdings sogleich die Vorläufigkeit eines solchen Unterfangens und entwirft schon im Geiste ein gewaltiges Projekt: „Das erste Heft gab fünfzig, das zweite Heft gab wieder fünfzig, und das vollendete Werk, falls es mir glücken sollte, wird tausend geben", schreibt er in der *Revolution der Lyrik* (Bd. X, S. 544). Aber da Holz diesen Plan nie ganz vollendet hat und wohl nie nach seinen Absichten hätte vollenden können, ist es ungerecht, die kleine *Phantasus*-Sammlung der Jahre 1898/99 nur an dem zu messen, was ihrem Autor als ferne Absicht vorschwebte. Die hundert Gedichte des ersten *Phantasus* traten als geschlossene Publikation mit dem Anspruch auf Selbständigkeit an die Öffentlichkeit – und Holz war vielleicht am wenigsten dazu angetan, ihren Eigenwert recht zu würdigen, da er sie immer nur in der Perspektive auf etwas Größeres hin sah.

II

Die hundert Gedichte des *Phantasus* haben eine eigene Bilder- und Motivwelt, deren genaueres Studium erst das Verständnis für die Eigentümlichkeit dieser Lyrik und für die dahinterstehenden Vorstellungen des Dichters aufschließt.

Die Ausgangssituation ist wieder die des Dachstubenpoeten, der durch den nächtlichen Besuch der von der Welt vergessenen Muse seine Inspirationen erhält (S. 5 f.). Und immer kehrt die Situation des in seine Kammer eingeschlossenen Dichters wieder, von Büchern umgeben (S. 70), meditierend (S. 71), träumend (S. 8, 74, 104). Aber es ist nicht mehr der verhungernde, an der Misere seiner Existenz langsam zugrunde gehende arme Phantast, sondern es ist der sich in die Welt verwandelnde Magier, der Phantasus, dessen gesellschaftliches Dasein gegenüber der Zauberkraft seines Träumens in den Hintergrund tritt.

Nicht, daß die den Berliner Dichter umgebende Wirklichkeit ganz verschwände: Friedrichstraße und Tiergarten, Landwehrkanal, der Grunewald, Spandau und die „schimmernde Havel“ sind ebenso vertreten wie die Leutnants und Fin-de-Siècle-Krabben, die Kleingärtner und Turner, die Prostituierten und Salondamen, die diese Stadt bevölkern. Aber nichts ist von dem Mietskasernenelend übriggeblieben, das sich als ein Leitmotiv durch das *Buch der Zeit* zog, und wenig von dem Mitleidspathos, das sich dort in so vielen Gedichten fand. Hier erscheint es nur noch beiläufig, etwa in den Klagen der Dirne (S. 52), und die politische Atmosphäre des Wilhelminischen Reichs wird allenfalls spürbar in der Erinnerung an die Opfer der Märzrevolution 1848 (S. 51), deren Gräber verwachsen sind und für deren Geist die Gegenwart offenbar wenig Sinn und Verständnis hat. Aus der leidenschaftlichen Anklage gegen die Brutalitäten des Maschinenzeitalters im Werk des jungen Arno Holz ist milder Spott über die Abgötter des Bürgertums geworden. Wenn der Leutnant über die Brücke reitet, ruft irgendwo im Park der nichtsnutzige Kuckuck (S. 24), wozu in späteren

Fassungen noch unmißverständlich das Affengekreisch vom nahen Zoo tritt. Und wo viktorianischer Prüderie ein Schlag versetzt werden soll, tritt Holz mit seiner Forderung „Mädchen, entgürtet euch und tanzt nackt zwischen Schwertern!" (S. 25) eher als Bürgerschreck denn als Ankläger auf. Was also ist geschehen? Hat Holz seinen Frieden mit der Welt gemacht? Oder hat sich nur etwas an der Misere des Dachstubenpoeten geändert?

Der Reiz der Mehrzahl aller *Phantasus*-Gedichte besteht vor allem in der Spannung zwischen der konkret gezeichneten und häufig durch den Berliner Alltagswortschatz des ausgehenden Jahrhunderts charakterisierten Umwelt des Dichters und einem in seiner Phantasie beschworenen „fernen Land", das in verschiedenen Gestalten auftritt als ein Land der Kindheit oder der Liebe, als das Reich der Natur oder als ein mythisches Zauberreich außerhalb aller Zeit. Die Sehnsucht nach diesem „fernen Land" ist der Grundton des ganzen *Phantasus*, und eines der besonders häufig auftretenden Motive ist das Fenster als Pforte von der Dachkammerwelt des Dichters zum fernen Land der Sehnsucht irgendwo da draußen. Zeichen dieser fernen Welt dringen herein – der Ruf eines Vogels oder das Licht des Mondes (S. 16 und 37). Es ist, alles in allem, eine eigentümliche Romantik, die hier unter dem Feldzeichen einer naturalistischen Revolution der Lyrik heraufzieht. Wie alle Romantik hat auch diese ihren Ursprung in einem Ungenügen an der Gegenwart. „Mein Leben ist nur eine Sehnsucht, ein Jagen nach dem Glück, ein Hinauswollen aus der kleinen Welt, in die Natur. Eine Rückkehr zu dem Vogel, der vor dem Fenster singt", hat Holz selbst bekannt (Bd. X, S. 566). Das deutsche Kaiserreich hat Arno Holz in der Tat die geistige Heimat versagt, und so versucht er teils mit schwerem Ernst, teils mit leichter Ironie eine neue Heimat durch die Zauberkraft der Sprache zu finden, sich eine eigene Welt zu bauen. Nicht die Misere also, sondern nur Holzens Verhältnis zu ihr hat sich verändert.

Seine Sehnsucht beschwört verschiedene Bereiche. Der erste verbindet die Erinnerung an das ungebrochene Glück der Kindheit mit dem stillen Frieden der Kleinstadt – als Kontrast zur müden Nüchternheit der Erwachsenen und zum unruhigen Treiben der Großstadt. Zugleich sind Kindheit und Kind alte Symbole der Unschuld, Reinheit und Nähe zum Göttlichen. Sie waren romantischer Dichtung vertraut und treten nun um die Jahrhundertwende in der Neuromantik wieder hervor – man denke an Gerhart Hauptmanns *Hanneles Himmelfahrt* und an das thematisch verwandte Gedicht S. 53.

Bei Holz kommt noch das Milieu seiner eigenen Kinderjahre hinzu. Er wurde am 26. April 1863 in Rastenburg/Ostpreußen als Sohn eines Apothekers geboren, und Erinnerungen an seine Heimat finden sich häufig im *Phantasus.* Die Mittagsstille im Städtchen und der friedvolle Feierabend, Judenkringel zu Weihnachten und Eierkuchen am Sonnabend, Großmutter im Lehnstuhl und die alte Apotheke – das alles und noch viel mehr gehört zu jener „Lang lang ist's her"-Stimmung, die sich durch viele der Gedichte zieht und die nur deshalb einer penetranten Sentimentalität entgeht, weil Holz diese vergangene Welt in ihrem Detail und ganz konkret zu fassen versucht mit Mohdrickers Garten und dem Kupferschmied Thiel, mit Kürbissen, Schnittlauch und Konditormeister Knorr. Hier schon zeigt sich, wie die lyrische Technik eng mit der Wirkung und dem Gehalt dieser Gedichte verbunden ist.

Ein verwandter Motivkreis, ein kleines „Jahr der Seele", zeigt die vorübergehende Stillung der Sehnsucht im Glück von Liebe und Familie (S. 40 ff.), aber im Ganzen des *Phantasus* bleibt das eine – autobiographische – Episode. Der zweite große Bereich Holzscher Sehnsucht ist die Natur. Fauna und Flora sind in den *Phantasus*-Gedichten in aller Vielfalt vertreten, aber, wie sich bei näherer Betrachtung zeigt, doch nicht unterschiedslos. Gewiß wird diese Welt bevölkert von Lämmern und Ziegen, Fischen, Schlangen und

Kröten, aber in der Überzahl doch von beflügelten Wesen. Unter ihnen überwiegen statistisch die zarten Schmetterlinge, die weltumsegelnden Schwalben, der fröhlich schmarotzende Kuckuck und vor allem der sich zur Sonne erhebende Sänger, die Lerche. Auch in der Welt der Pflanzen gibt es Prioritäten. Kastanien, Pappeln, Tannen, Fliegenpilze, Moos und Zittergras zieren Holzens Natur, vor allem aber doch nahezu dreißig verschiedene Arten von Blumen, ganz konkrete Biologiebuchspezies zusammen mit der traumhaft blauen Blume der Romantik.

Holz' Natur ist nicht die der Heimatkünstler, es sind nicht die ewigen Wälder oder die fruchtbare Scholle, die ihn bezaubern – nur ein Kornfeld rauscht zuweilen in seinen Zeilen. Es sind vielmehr die biblischen „Vögel unter dem Himmel" und die „Lilien auf dem Felde", denen wir hier begegnen: es ist die Natur als poetische Gegenwelt zu einer das Dichterische mißachtenden oder korrumpierenden, geschäftstüchtigen Gesellschaft. Mit geradezu religiöser Inbrunst beschwört er die Überlegenheit des Kleinen über das scheinbar Große und bewundert, wie einst Barthold Heinrich Brockes, die Herrlichkeit des Tautropfens, die alle Herrlichkeiten menschlichen Besitzes übertrifft (S. 15) – Holz hat dieses Gedicht „eines der für mich mit am meisten ‚bezeichnenden' meines ganzen Buches" genannt (Bd. X, S. 668), und er hat den Gedanken wiederholt (vgl. S. 78).

Das Gedicht vom reichsten Mann der Welt (S. 15) enthält aber zugleich eine Reihe von anderen, häufig auftretenden Motiven, die einen dritten Bereich Holzscher Sehnsucht bilden. Es sind das Gärten und Parks, verborgene Villen und Schlösser, Inseln und stille, spiegelnde Seen. Die Symbole und Zeichen der Neuromantik und des Jugendstils finden hier Eingang auch in Holz' Lyrik. Nicht zufällig brachte die Zeitschrift *Jugend* 1898 zehn *Phantasus*-Gedichte mit Schmuckrahmen und Illustrationen von Bernhard Pankok, einem der bekanntesten Künstler des Jugendstils. Bei genauerem Zusehen erweist sich allerdings, daß Holz diese Motive in ganz eigenem Sinne aufnimmt und mit ihnen spielt. Von dem esoterischen Schönheitskult des frühen George zum Beispiel trennte ihn vieles. „Noch nie waren so abenteuerlich gestopfte Wortwürste in so kunstvolle Ornamentik gebunden", schreibt Holz über Georges Lyrik (Bd. X, S. 488), und gegen ihn speziell ist auch ein Gedicht im *Phantasus* gerichtet (S. 85). Gewiß verband Holz mit dem Jugendstil der Drang nach Freiheit und Ungebundenheit. Die Lust zur Nacktheit zieht sich durch Holz' Gedichte wie durch die Jahrgänge der *Jugend* oder des *Pan*. Aber wenn die nackte Dame einen Kakadu füttert (S. 34), so ist solche Pointe doch mit Ironie durchsetzt, was in späteren Fassungen noch deutlicher wird, wenn Holz dort von einer nackten, „angenehm ausladend proportionierten Dame" spricht. Gerade in der erotischen Sphäre wird aber auch sichtbar, was Holz an den aus Jugendstil und Neuromantik übernommenen Motiven gereizt hat. Intensivieren Garten, einsames Haus und Insel die Isolation des Dichters von der Gesellschaft, wie sie schon in der Naturmetaphorik zum Ausdruck kam, so sind für ihn Villa und Schloß, Blumenschiff und Tempel Symbole der Macht, der erotischen Macht zunächst, dann aber auch Symbole der Herrschaft überhaupt. Als orientalischer Potentat hat sich Holz immer gern gesehen, und besonders die späteren Fassungen des *Phantasus* wimmeln von Szenen, in denen sich Holz-Phantasus an seiner erträumten Machtfülle berauscht. So jagt er als Neptun – die Identifikation wird allerdings erst in späteren Fassungen ausgesprochen – die dümmlichen Bewerber davon, um selbst von der Schönen Besitz zu ergreifen (S. 29), da reitet er wie aus Erz dahin (S. 67), daß die Welt vor ihm erzittert, da dürsten Millionen Lippen nach ihm (S. 97). Und so wird Phantasus schließlich Gefährte und Kollege der Götter, der sie menschlich sieht (S. 64) und als Buddha oder antike Statue ihresgleichen ist (S. 32 und 33). Auch solche Gedanken korrespondieren natürlich mit anderen zeitgenössischen Anschauungen, und wenn Herr Fiebig (vgl. S. 79) in den *Sozialari-*

stokraten den jungen Herrn Hahn fragt: „De janze Welt redt jetz von Ibermenschn! Nitschkn ham Se doch jelesn?“, so ist die Quelle deutlich genug bezeichnet. Die Neigung zum Kosmisch-Mythischen wird ebenfalls aus solcher Quelle gespeist – man denke nur an den Münchner Kosmiker-Kreis mit Klages, Schuler, Wolfskehl und zeitweilig George. Denn die Sehnsucht des Phantasus geht schließlich auch ins Kosmische, Sterne flimmern auf, die Zeit verliert ihr Gewicht, mit Jahrhunderten, Jahrtausenden, Billionen, Trillionen und Septillionen wird frei umgesprungen, die menschliche Existenz ist nur Teil einer ungeheuren, ewigen Verwandlung:

Sieben Billionen Jahre vor meiner Geburt
war ich eine Schwertlilie. (S. 59)

So glaubt der Phantasus aus der Dachkammer schließlich die Misere überwunden zu haben, indem er seine Existenz auf die Unendlichkeit der Schöpfung bezieht und sich im Reiche des poetischen Traums als Herrscher etabliert. Mit Naturalismus, mit dem Lied von „Stahl und Eisen, Stein und Erz“, wie es Holz im *Buch der Zeit* singen wollte, hat das allerdings nichts mehr zu tun. Dennoch war Holz überzeugt, daß sich seine Revolution der Lyrik organisch aus seinen früheren dichterischen und theoretischen Experimenten ergab und daß ihm eigentlich in der *Phantasus*-Form erst die große Erfüllung beschieden worden sei. Vom ersten Erscheinen des *Phantasus* an galt seine Hauptarbeit der Weitergestaltung und theoretischen Begründung dieses Zyklus und seiner spezifischen Form.

III

Die erste und unmittelbarste Verbindung, die Holz zwischen seinen früheren Versuchen zur Begründung des Wesens der Kunst und seinen lyrischen Experimenten im *Phantasus* gesehen hat, war zweifellos die der Gesetzmäßigkeit und des inneren Zusammenhangs aller Erscheinungen. „Es ist ein Gesetz, daß jedes Ding ein Gesetz hat", hatte er 1891 in seiner Schrift *Die Kunst. Ihr Wesen und ihre Gesetze* geschrieben. Wenn alles Geschehen in der Natur festen Gesetzen unterlag, die von der zeitgenössischen Wissenschaft – man denke an Darwin und Haeckel – mehr und mehr ans Licht gebracht wurden, so war für Holz nicht einzusehen, warum das im Prinzip für die Kunst anders sein sollte. Denn zwischen beiden bestand seiner Ansicht nach kein grundsätzlicher Unterschied. Kunst war ihrem Wesen nach Reproduktion der Natur, oder wie es Holz in derselben Schrift ausdrückt:

> Die Kunst hat die Tendenz, wieder die Natur zu sein. Sie wird sie nach Maßgabe ihrer jedweiligen Reproduktionsbedingungen und deren Handhabung. (Bd. X, S. 83)

Dasselbe drückt die berühmtgewordene Formel „Kunst = Natur – x" aus, wobei x eben die Beschränkungen und Begrenzungen umfaßte, die einer getreuen Wiedergabe der Natur aufgrund der Unvollkommenheiten des Menschen und seiner Kunstmittel entgegenstanden. In solcher Formel glaubte Holz das Grundgesetz aller Kunst gefunden zu haben, und Form und Gehalt seines *Phantasus* haben durchaus ihren Ursprung in diesen seinen Überzeugungen. Denn die „endliche, große Erkenntnis von der durchgängigen Gesetzmäßigkeit alles Geschehens" (Bd. X, S. 63) liegt auch der Leitidee des *Phantasus* zugrunde. Die Einordnung des einzelnen in ein großes Ganze, die untragische Aufhebung der beschränkten menschlichen Existenz in einen welthistorischen Zusammenhang dadurch, daß der Dichter noch einmal die Entwicklung vom Protoplasmaklümpchen und der Schwertlilie zum geistig höchstorganisierten Wesen in sich und an sich durchmacht, war im Grunde eine Illustration des biogenetischen Grundgesetzes von Ernst Haeckel: Ontogenese und Phylogenese durchdringen einander im *Phantasus,* und es war Holz' Ziel, das in den späteren Fassungen seines Werkes immer stärker herauszuarbeiten.

Aber auch in der Form geht sein *Phantasus* auf die ersten Kunstüberlegungen zurück. Kunst war für Holz ihrem Wesen nach Reproduktion der Natur, und je stärker das x jeweils reduziert werden konnte, desto besser. Bedeutete das in Drama und Roman eine Rückkehr zur gesprochenen Sprache der jeweils dargestellten Wirklichkeit, so bedeutete es für die Lyrik vor allem die Abwendung von allem, was der natürlichen Existenz der Dinge von außen einen Zwang auferlegt – wie Metrum und Reim –, und die Konzentration auf das, was der natürlichen Sprache wirklich innewohnend war, auf den Rhythmus. Das ist der Grundgedanke, der hinter der von Holz entwickelten *Phantasus*-Form liegt.

Als formal Letztes in jeder Lyrik, das überhaupt uneliminierbar ist, bleibt für alle Ewigkeit der Rhythmus. Reim, Strophe, Parallelismus, Alliteration und Assonanz – man könnte noch beliebig fortfahren – waren nur akzessorisch und mußten daher mit der Zeit als „Systeme" notgedrungen abwirtschaften. Er allein ist unausschöpfbar. Nutzanwendung? Verballhorne ihn nicht! Drücke aus, was du empfindest, unmittelbar wie du es empfindest, und du hast ihn. Du greifst ihn, wenn du die Dinge greifst. Er ist allen immanent. (Bd. X, S. 510)

Nun läßt sich allerdings gegen Holz' theoretische Argumente allerhand einwenden, und von dem ersten Erscheinen seiner Schriften bis zum heutigen Tage ist er immer wieder widerlegt worden. Er selbst hat zeit seines Lebens mit Lust, Heftigkeit und zuweilen beträchtlicher Arroganz und Intoleranz Fehden gegen seine Kritiker geführt, aber es fragt sich, wie ernst man ihn als Theoretiker überhaupt nehmen soll. Immer hat er selbst den Primat der schöpferischen Leistung vor der Theorie betont und sich gegen die Ansicht gewehrt, daß er mit seinen Werken nur Beispiele zu seinen theoretischen Überlegungen geben wollte. So hat er auch behauptet, die neue Form seiner *Phantasus*-Lyrik unbewußt und vor aller Theorie gefunden zu haben. Was Holz im Grunde empfand, war die Unzulänglichkeit der lyrischen Ausdrucksweise eines Emanuel Geibel und seiner vielen

Jünger und Schüler. Zu ihnen hatte Holz einst selbst gehört – 1884 hatte er ein Gedenkbuch für den Verehrten publiziert. Auch jene jungen Poeten, die sich im gleichen Jahr in der Anthologie *Moderne Dichtercharaktere* vereinigten – und Holz war ebenfalls unter ihnen –, versuchten mit rein traditionellen Mitteln neue Inhalte zu bewältigen. Holz ging es also hauptsächlich um die Erweiterung der Ausdrucksmöglichkeiten der Kunst, die der beträchtlichen Erweiterung des menschlichen Erfahrungsbereiches in einem Maschinen- und Industriezeitalter, in einem Zeitalter bedeutender sozialer Umwälzungen entsprechen sollte. Das hatte er in der Prosa mit der Umarbeitung von Johannes Schlafs Skizze *Ein Dachstubenidyll* zum *Papa Hamlet* und im Drama mit der *Familie Selicke* versucht, und das versuchte er in der Lyrik mit seinem *Phantasus* zu erreichen.

Holz geht von der Erkenntnis aus:

Man revolutioniert eine Kunst ... nur, indem man ihre Mittel revolutioniert (Bd. X, S. 490),

und er war in seinen Ansprüchen als Revolutionär nicht kleinlich. So war er fest überzeugt, daß mit ihm „eine Jahrhunderte lange Epigonenzeit" (Bd. X, S. 489) ihr Ende gefunden habe. Die „alte" Lyrik basierte auf der „Musik der Worte als Selbstzweck", die neue aber war

eine Lyrik, die auf jede Musik durch Worte als Selbstzweck verzichtet und die, rein formal, lediglich durch einen Rhythmus getragen wird, der nur noch durch das lebt, was durch ihn zum Ausdruck ringt. (Bd. X, S. 494)

Das hieß zunächst Verzicht auf den Reim als das wesentliche Bindemittel:

Wozu noch der Reim? Der erste, der – vor Jahrhunderten! – auf Sonne Wonne reimte, auf Herz Schmerz und auf Brust Lust, war ein Genie; der tausendste, vorausgesetzt, daß ihn diese Folge nicht bereits genierte, ein Kretin. Brauche ich den selben Reim, den vor mir schon ein anderer gebraucht hat, so streife ich in neun Fällen von zehn den selben Gedanken. (Bd. X, S. 498)

Entsprechendes gilt für die Strophe:

Wie viele prachtvollste Wirkungen haben nicht ungezählte Poeten jahrhundertelang mit ihr erzielt! Wir alle, wenn wir Besseres nicht zu tun wissen und alte Erinnerungen locken, wiegen uns noch in ihr. Aber ebensowenig wie die Bedingungen stets die selben bleiben, unter denen Kunstwerke geschaffen werden, genau so ändern sich auch fortwährend die Bedingungen, unter denen Kunstwerke genossen werden. Unser Ohr hört heute feiner. Durch jede Strophe, auch durch die schönste, klingt, sobald sie wiederholt wird, ein geheimer Leierkasten. Und gerade dieser Leierkasten ist es, der endlich raus muß aus unserer Lyrik. Was im Anfang Hohes Lied war, ist dadurch, daß es immer wiederholt wurde, heute Bänkelsängerei geworden! (Bd. X, S. 500)

Was über die Strophe gesagt wird, trifft sogar noch stärker für jedes feste Metrum zu, und selbst die freien Rhythmen werden nicht ausgenommen:

Der geheime Leierkasten, von dem ich behauptete, daß er für feiner Hörende durch unsere ganze bisherige Lyrik klänge, klingt deutlich auch aus jenen sogenannten „Freien Rhythmen". Sie mögen meinetwegen von allem frei sein, von dem man wünscht, daß sie's sein sollen; nur nicht von jenem falschen Pathos, das die Worte um ihre ursprünglichen Werte bringt. Diese ursprünglichen Werte den Worten aber gerade zu lassen und die Worte weder aufzupusten noch zu bronzieren oder mit Watte zu umwickeln, ist das ganze Geheimnis. In diese Formel, so unscheinbar sie auch aussieht, konzentriert sich alles. Wenn ich einfach und schlicht – nota bene vorausgesetzt, daß mir dieses gelingt, nur mißlingt es mir leider noch meistens! – „Meer" sage, so klingt's wie „Meer"; sagt es Heine in seinen Nordseebildern, so klingt's wie „Amphitrite". Das ist der ganze Unterschied. (Bd. X, S. 501)

Nun ist eine solche Argumentation recht fragwürdig, ganz abgesehen davon, daß Holz später den Reim wieder durch die Hintertür in seinen *Phantasus* eingelassen hat. Gerade durch den „geheimen Leierkasten" von Reim und Metrum wird den Worten in der Lyrik jener Schimmer mehrfacher Bedeutung und wiederholter Spiegelung gegeben, der den besonderen Reiz eines Gedichts ausmacht. Es mag falsch sein, wenn „Meer“ nur wie „Amphitrite“ klingt – erst wenn die Vorstellungen von beidem in uns hervorgerufen werden, entsteht wirkliche Lyrik. Aber es wäre schon allein deshalb unsinnig, mit Holz um seine Theorie zu rechten, weil er selbst in den gelungensten seiner *Phantasus*-Gedichte eben jene Vorstellungen hervorzuzaubern weiß, die aus dem Zusammenklang zwischen Haupt-, Neben- und Untertönen der Worte entstehen und die die scheinbare Prosa zu echter Lyrik erheben. Seine Vorliebe für Vögel, Schmetterlinge und Blumen allein zeigt das Hinübergleiten in den symbolischen Sprachgebrauch aufs deutlichste. Aber auch sonst wäre es wenig von Belang, mit Holz um seine theoretische Position im einzelnen zu streiten, da sich diese Position aus der Polemik gegen heute längst Überlebtes entwickelte. Entscheidend ist, das wirklich Neue, Weiterwirkende in seinen Überlegungen zu erkennen. Holz macht die Entdeckung, daß unser Ohr heute feiner hört – was sich zunächst negativ als Abneigung gegen das Sprachklischee, das schon hundertmal Gesagte und Gereimte auswirkt. Aber Holz' Erkenntnis läßt sich auch ins Positive wenden: das feiner hörende Ohr muß damit zugleich offen sein für neue lyrische Ausdrucksmöglichkeiten, die bis dahin als ausgeschlossen galten. Ähnliches stellt später Bertolt Brecht in seinem Aufsatz *Über reimlose Lyrik mit unregelmäßigen Rhythmen* aus dem Jahre 1938 fest:

> Es ist zugegeben, daß das Lesen unregelmäßiger Rhythmen zunächst einige Schwierigkeiten bereitet. Das scheint mir aber nicht gegen sie zu sprechen. Unser Ohr ist zweifellos in einer physischen Umwandlung begriffen. Die akustische Umwelt hat sich außerordentlich verändert.

Erfahrungen mit der Rezeption moderner Musik mögen solche Veränderung des menschlichen Empfindungsvermögens bestätigen: nicht nur Snobs werden das, was um 1910 oder 1920 die Zeitgenossen akustisch oder sprachlich schokkierte, heute als selbstverständlich oder gar konservativ empfinden. Holz' gesamte weitere Arbeit am *Phantasus* wird aus diesem Blickwinkel – der Erweiterung der sprachlichen Möglichkeiten – verständlich.

Entsprechungen zu Musik und Dichtung finden sich in den Revolutionen der bildenden Kunst. Untersuchungen haben gezeigt, wie um die Jahrhundertwende gesteigertes Interesse am Sichtbaren einsetzt. Mit der Entwicklung der Photographie entstehen illustrierte Zeitungen. Illustrationen, Vignetten, Schmuckleisten breiten sich in Büchern und Journalen mehr und mehr aus, und auch in der Dichtung selbst zeigt sich eine Intensivierung des Optischen. Der *Phantasus* selbst enthält genügend Beispiele dafür, aber nicht nur in seinen Substantiven und Adjektiven, sondern auch in seiner Form. Diese Gedichte sind für das Auge geschrieben. Die Zeile ist die „letzte Einheit" (Bd. X, S. 656) von Holz' Verskunst, und aus ihrer Autonomie ergibt sich für ihn die Mittelachse als ein freieres Ordnungsprinzip:

Die für den ersten Augenblick vielleicht etwas sonderbar anmutende Druckanordnung – unregelmäßig abgeteilte Zeilen und unsichtbare Mittelachse ... – habe ich gewählt, um die jeweilig beabsichtigten Lautbilder möglichst auch schon typographisch anzudeuten. (Bd. X, S. 503)

Und an anderer Stelle noch deutlicher:

Warum sollte das Auge am Drucksatz eines Gedichts n i c h t seine besondere Freude haben? Jedenfalls diese Frage einmal aufgeworfen, ziehe ich eine besondere Freude einem besonderen Mißfallen entschieden vor ... ein solches Mißfallen würde durch die alte Anfangsachse bei meinen „Kreiselgedichten" unbedingt erregt werden. Denn wenn vielleicht die eine Zeile nur e i n e Silbe enthält, enthält vielleicht bereits die nächste Zeile z w a n z i g Silben und m e h r. Ließe ich daher die Achse, statt in die Mitte, an den Anfang legen, so würde dadurch das Auge gezwungen sein, immer einen genau doppelt so langen Weg zurückzulegen. Nach dem unbestreitbaren Prinzip des kleinsten Kraftmaßes aber et cetera! (Bd. X, S. 574)

Die Begründung mag nicht ganz das umspannen, was als wirkliche Absicht dahintersteht. Der Sinn seiner Revolution der Lyrik war es gewesen, den Worten ihren wahren Wert zurückzugeben und damit auch der Silbe oder den Silben als Klangeinheiten. Immer wieder läuft es auf den sinnlichen Eindruck hinaus, den Wortgehalt, Klang und Form hinterlassen. Die sinnlichen Erscheinungen der Wirklichkeit bestimmen diese Lyrik unter weitgehendem Verzicht auf das, was hinter ihnen steht:

Horche nicht hinter die Dinge. Zergrüble dich nicht.

beginnt eines der *Phantasus*-Gedichte (S. 71), und da ein innerer Zusammenhang – hinter den Dingen – für den Dichter nicht sichtbar und erkennbar ist, wird versucht, die Dinge in den Ablauf einer äußeren Gesetzmäßigkeit zu bringen. Das ist im Grunde das „Weltbild", das Holz in seinem *Phantasus* geben will und für das er sich diese ganz spezifische Form geschaffen hat. Es ist nicht verwunderlich, daß er später die Mathematik zu Hilfe zieht und für seine Zeilenkompositionen eine eigene Zahlenmystik entwickelt, die er wissenschaftlich zu begründen sucht. Ist die Leistung Arno Holz' in einer neuen und genaueren sprachlichen Erfassung der Wirklichkeit begründet, so sein Versagen in der forcierten Verbindung zwischen Realistik und Weltanschauung.

Der *Phantasus* der Jahre 1898/99 steht allerdings erst an der Grenzscheide zwischen Traditionellem und von Holz mehr geahntem als schon bewußt projektiertem Neuen. Darin aber beruht gerade sein besonderer Reiz. Die Suche nach Vorbildern für die *Phantasus*-Form bleibt von untergeordneter Bedeutung, da diese jeweils unter ganz anderen geistigen und geschichtlichen Voraussetzungen standen. Dennoch haben Literaturwissenschaft und Kritik hier ein reiches Angebot von Möglichem und Unmöglichem bereitgestellt, angefangen bei Notker Balbulus über Fischart und Abraham a Santa Clara, Klopstock und Jean Paul, Tieck und Friedrich Schlegel, Rückert und Platen bis hin zu Walt Whitman.

Wesentlicher ist die Wirkung, die Holz mittelbar und unmittelbar – durch sein Werk und seine Persönlichkeit – auf andere Lyriker seiner Zeit ausgeübt hat. Zu ihnen gehören Holz' ehemaliger Freund Paul Ernst mit seinen *Polymetern* (1898, vgl. S. 109 f.), um die sogar noch ein Prioritätsstreit entstand, ebenso wie Alfred Mombert mit seinem Frühwerk, besonders dem Gedichtbuch *Tag und Nacht* (1894). Auch hier mußte sich Holz gegen den Vorwurf, der Empfangende gewesen zu sein, verteidigen, was ihm freilich mit dem Hinweis auf die Vorformen seines *Phantasus* seit 1892 nicht schwerfiel.

Allerdings läßt sich dazu auch sagen, daß eine Regeneration der lyrischen Sprache nicht Holz' Privatidee war, sondern eine historische Notwendigkeit. Verwandtes in den Werken von Liliencron, Dehmel und Schlaf kann das nur bekräftigen. Dort, wo Holz selbst direkt Einfluß ausüben wollte und eine Schule von lyrischen Revolutionären zu gründen suchte, blieb er am wirkungslosesten. Zusammen mit den beiden *Phantasus*-Heften erschienen im gleichen Verlag, Format und Druckbild Gedichtbändchen von einigen Freunden Holz': Georg Stolzenberg, Robert Ress, Rolf Wolfgang Martens und Ludwig Reinhard, d. h. dem Verleger Reinhard Piper. Seine Arbeit als Lehrer der Poesie hat er selbst in einem *Phantasus*-Gedicht beschrieben (S. 105), ebenso seine Rolle als Beschützer dieser zarten Gebilde und ihrer Schöpfer: als Drache ringelt er sich um den Garten, in dem sie tollen (S. 106). Aber was hier herauskam, waren unfreiwillige Parodien. Schuld daran trug nicht nur die Talentlosigkeit der Jünger, sondern auch das Mißverständnis des Meisters, der glaubte, eine allgemeine – und somit schulemachende – Revolution der Lyrik eingeleitet zu haben, und nicht sah, wie sehr er nur eine Revolution *seiner* Lyrik begonnen hatte, wie sehr, mit anderen Worten, die Form des *Phantasus* nicht nur auf den Voraussetzungen eines „Zeitgeistes", sondern ebenso auf den ganz bestimmten geistigen Voraussetzungen von Arno Holz beruhte.

IV

Ein großer Erfolg wurde der *Phantasus* nicht. Zwar rezitierte Richard Dehmel Gedichte daraus auf seinen Vortragsabenden, und der Freund Georg Stolzenberg vertonte sogar einige aus dem ersten Bändchen, aber die Mehrzahl der Kritiker nahmen die neue Lyrik kühl oder ungnädig auf. Die *Revolution der Lyrik* enthielt nicht nur die Noten von Stolzenbergs Vertonungen, sondern auch erste Auseinandersetzungen Holz' mit seinen Kritikern, darunter Franz Mehring und Arthur Möller-Bruck. Später kamen noch Rudolf Steiner und Adolf Bartels dazu.

Man warf Holz vor, er putze Gedankensplitter zu Gedichten auf; ein Kritiker erbot sich, binnen einer Woche 500 Gedichte in der neuen Holz-Technik zu schreiben; ein anderer empfahl:

Möge die Prachtausgabe dieses ‚Phantasus', auf weichem Arno-Holz-Papier, bald in keinem deutschen Familienkloset fehlen! (Bd. X, S. 561)

Otto von Leixner schließlich meinte, was neu am *Phantasus* sei, sei nicht gut, und was gut sei, nicht neu. Holz schlug sich mit allen seinen Gegnern weidlich und rabiat herum – und ging seinen Weg unbeirrt weiter. Dieser Weg aber führte ihn zu immer stärkerer Zusammenschmelzung der einzelnen Teile seiner Sammlung und zugleich zu einer ins Grenzenlose gehenden Erweiterung. Ein Jahr nach dem Erscheinen des zweiten Heftes faßte er die Grundkonzeption seines *Phantasus* in einem Briefe an Karl Hans Strobl (25. Juni 1900) folgendermaßen zusammen:

Das letzte „Geheimnis" der von mir in ihrem untersten Fundament bereits angedeuteten Phantasuskomposition besteht im wesentlichen darin, daß ich mich unaufhörlich in die heterogensten Dinge und Gestalten zerlege. Wie ich v o r meiner Geburt die ganze p h y s i s c h e Entwicklung meiner Spezies durchgemacht habe, wenigstens in ihren Hauptstadien, so s e i t meiner Geburt ihre p s y c h i s c h e. Ich war „alles" und die Relikte davon liegen ebenso zahlreich wie kunterbunt in mir aufgespeichert. Ein Zufall, und ich bin nicht mehr Arno Holz, „der formale Erneuerer der modernen deutschen Poesie“, dessen mißglückte Zinkotypie der letzte Literaturkalender brachte, sondern ein beliebiges Etwas aus jenem Komplex. Das mag meinetwegen wunderlich ausgedrückt sein, aber was dahinter steckt, wird mir ermöglichen, aus tausend Einzelorganismen nach und nach einen riesigen Gesamtorganismus zu bilden, der lebendig aus ein und derselben Wurzel wächst.

Mit monomanischer Besessenheit versuchte er in immer neuen und erweiterten Fassungen diesen Gesamtorganismus zu konstruieren und mit ihm ein „Weltgedicht“ des „naturwissenschaftlichen Zeitalters“ zu geben, wie es die *Divina Commedia* für das christliche Mittelalter gewesen sei. Allerdings:

Ein „Weltbild“ heute noch in den Rahmen irgend einer „Fabel“ oder „Handlung“ spannen zu wollen, hätte mir kindlichstes Vermessen geschienen! Was zu einem Weltbilde heute „gehört“, ist in seinen einzelnen Bestandteilen zu weit auseinanderliegend, in seinen Elementen zu buntwimmelnd kaleidoskopisch, als daß auch die kompliziertestе, raffinierteste „Legende“ imstande wäre, für einen solchen „Inhalt“ den dazu nötigen Untergrund zu schaffen!
Ich gestalte und forme die „Welt“, sagte ich mir, wenn es mir gelingt, den Abglanz zu spiegeln, den sie mir in die „Seele“ geworfen! Und je reicher, je mannigfaltiger, je vielfarbiger ich das tue, um so treuer, um so tiefer, um so machtvoller wird mein Werk! (Bd. X, S. 651)

Was der ganzen Menschheit zugeteilt war, sollte sich hier in einer Seele spiegeln. Mit solchen Plänen und Absichten stand Holz keineswegs allein – es sei nur an Theodor Däublers *Nordlicht*, 1898 begonnen, und an das *Lied der Menschheit* erinnert, an dem Heinrich Hart seit den ersten naturalistischen Tagen arbeitete. Derartige Themen tragen in sich schon die Unerfüllbarkeit, aber der besondere Grund für die wohl auch von Holz mehr und mehr gespürte Unzulänglichkeit seiner Konzeption und für das Mißlingen seines großen Entwurfs lag in einem prinzipiellen Mißverständnis: hatte

Holz ursprünglich sich als einen Spiegel der Welt ansehen wollen, so wurde ihm in Wirklichkeit die Welt ein vielfarbiger Spiegel seiner selbst. Der *Phantasus* wurde das Werk einer leidenschaftlichen Ich-Besessenheit, die jede echte Beziehung zu Welt und Gesellschaft aufhebt. Das Ich trat in den späteren Fassungen ganz ausgesprochen in den Mittelpunkt. Viele Gedichte erhalten einen direkten subjektiven Bezug. Ein Beispiel: Neptun aus der Tiefe (S. 29) ist nun der Dichter selbst:

ich
mitten aus der Tiefe!
Mein Bart
blitzt!

„Neptun!!"

Immer stärker sah Holz seine Umwelt nur noch in bezug auf das Interesse, das sie ihm entgegenbrachte. Die ständig neuen sozialen und politischen Erschütterungen und selbst das Massaker des Weltkriegs fanden keinen Eingang in die hermetische Welt seiner *Phantasus*-Existenz. In dieser Hinsicht blieb er vom Horizont seiner Dachkammer befangen.

1913 wurde im Carl Reißner Verlag in Dresden eine beträchtlich erweiterte Fassung des *Phantasus* gedruckt, aber Holz ließ sie bis auf wenige Exemplare wieder einstampfen. Mitten im Ersten Weltkrieg, 1916, erschien dann die große Ausgabe im Insel-Verlag – ein Buch im Format 44 x 33 cm und mit 336 Seiten, das von der Kritik sogleich als „Elephantasus" verspottet wurde. Der grundsätzliche Bauplan seines Werks wird in dieser Fassung deutlich, und alles Spätere ist nur eine Erweiterung dieser Konzeption. In sieben Büchern entfaltet sich die *Phantasus*-Existenz aus der Ewigkeit in die Ewigkeit hinein. Schwertlilie, Schuppenlurch und Protoplasmaklümpchen, Tatarenfürst, Rokokokavalier und Bastillestürmer – alles das und vieles mehr ist der Dichter gewesen, ehe er als Sohn eines Apothekers in Ostpreußen zur Welt kam. Das zweite Buch enthält erstes Liebeserleben und erste

Enttäuschung in den Kreislauf eines Jahres eingeordnet. Im dritten, wiederum dem Jahreslauf zugeordnet, stehen Traumparadies und Kleinstadt der Welt der Großstadt gegenüber. Im vierten dominieren mythische und phantastische Träume des Dichters, deren Nenner wohl die Sehnsucht nach einem Leben in Macht und Fülle ist. Das fünfte enthält, von dem Gedicht S. 74 ausgehend, einen Monumentaltraum, das 1002. Märchen, in dem der Dachkammerpoet als „armchair traveller" nach Asien reist, um dort dreizehn unappetitlichste Proben zur Gewinnung der Prinzessin Gülnare zu bestehen. Das sechste Buch erhebt sich zu Fragen nach dem Grund des Daseins, bis schließlich im siebenten Buch Probleme der dichterischen Existenz erörtert werden. In einem monumentalen Gedicht von über sechzig Seiten schildert Holz den Besuch von Dichterkollegen, eine Art Sängerkrieg entspinnt sich, verbunden mit einer ausladenden, der *Blechschmiede* verwandten Literaturparodie – das kleine Dachkammergedicht (S. 104) war der Ausgangspunkt gewesen. Und schließlich verliert sich seine Existenz ins Unendliche hinein:

Mein Staub
verstob;
wie ein Stern
strahlt mein Gedächtnis!

Die nächste Fassung in der Werk-Ausgabe von 1925 umfaßte drei Bände mit zusammen 1345 Seiten; und 1961 erschien aus dem Nachlaß – Holz starb 1929 – eine letzte Fassung in wiederum drei Bänden mit insgesamt 1584 Seiten. An Rekordzahlen hat sich Holz immer gern berauscht: so rühmt er sich ernsthaft, in seinem 1002. Märchen einen Satz von insgesamt 2516 Zeilen geschrieben zu haben:

Den längsten aller Zeiten und Literaturen, der alle auch nur entfernt „ähnlichen" siriusweit hinter sich läßt, und von dem mir nicht recht wahrscheinlich vorkommen will, daß er jemals durch einen noch längeren und „kühneren" übertrumpft und überboten werden könnte. (Bd. X, S. 672)

Die Erweiterung des *Phantasus* ist also nicht nur eine des Inhalts, sondern auch eine des sprachlichen Ausdrucks. Zuweilen handelt es sich dabei um eine größere Präzisierung oder um die Verstärkung einer gewissen Stimmung; so z. B. erscheint der Schluß des Gedichts S. 9 in der Ausgabe von 1916 in folgender Fassung:

Plötzlich – ein Klang.

Ein zarter, zitternder Jubel,
der langsam,
immer höher steigt!

Ich suche in den Wolken.

Über mir, schmetternd,
durch immer heller strömendes Licht,
die erste Lerche!

Vor allem aber wird in unendlichen Ketten von Adjektiven versucht, alle nur denkbaren Erscheinungsformen eines Gegenstands oder Nuancen einer Empfindung genau wiederzugeben, d. h., so wenig wie möglich von dem alten x übrigzulassen. Aus den ersten zwei Zeilen des Gedichtes S. 50 wird z. B. folgendes:

Ein
von vier
steilschrägen, lehmgelblichgrau, rinselrissig, bruchziegelbrocken-
[durchmischmengt schuttigen,
spärlich unkrautbüschelübergrünten Straßenböschungen,
quadratisch, geradlinig
gerahmtes,
bis
auf den Millimeter
aufgeteiltes,
rechteckig wegedurchschnittenes, wirrflirrbunt
tiefgelegenes,
lustig,
glanzpapieren, leinwandlappig
fähnchenflitterndes, fähnchenwimpelndes, fähnchenflatterndes
Laubengelände,

mit
vielen kleinen,
freundlichen, schmalen, friedlichen,
morgenlichtüberströmten
Gartenparzellchen
voller
Georginen, Sonnenblumen, Stockrosen, Kaktusdahlien,
Gurken, Tomaten,
Feuerbohnen,
Kürbisse und Schnittlauch.

Daneben tritt der Versuch zur Intensivierung und Steigerung durch endlose Ketten von Superlativen. Jedes Tüpfchen überlegt sich Holz „mikroskopischst, makroskopischst, pantoskopischst, sezierendst, kontrollierendst, analysierendst, kritischst, abwägendst, nachprüfendst".

Im einzelnen kann auf diese verschiedenen Aspekte der Überarbeitung nicht eingegangen werden. Aber schon an dem oben angeführten Beispiel wird eine Haupttendenz deutlich: die Zerstörung der lyrischen Substanz durch eine Häufung des Details und damit ein allmählicher Übergang ins Epische. Die Gattungsgrenzen beginnen zu verschwimmen – auch in der letzten Fassung bleiben zwar einige der lyrischen Bilder des „*Urphantasus*" erhalten, andere werden ganz und gar in epische Darstellung aufgelöst. Am Rande sei vermerkt, daß sich in Holz' späteren Dramen *Sonnenfinsternis* und *Ignorabimus* ebenfalls Übergänge in die episch-lyrische Form des *Phantasus* finden.

Mit diesem Verschwimmen der Gattungsgrenzen geht aber auch eine Veränderung der Sprache selbst einher. Was ursprünglich nur als Intensivierung einer Empfindung oder einer Beschreibung gedacht war, wird mehr und mehr zum Selbstzweck: um der Klangeffekte willen oder aus Lust am Sprachmimischen, an den vielfältigen Variationsmöglichkeiten der Sprache werden hier Effekte ausprobiert, die sich mit Verstärkung oder Verdeutlichung des Gemeinten nicht mehr erklären lassen.

So lautet der Anfang des Gedichts S. 60 schon in der Fassung von 1916:

Da so in Hinterindien rum,
wenn ich mich heimlich, haarscharf belausche,
wenn ich mir alles ganz genau, von Grund aus und bis ins Letzte
[überlege
und mir nicht gradezu, um mich selbst zu betümpeln, einfach ein
aber ja, [X für ein U vormache,
ganz gewiß, zweifellos,
muß ich schon mal, irgendwie, gelebt haben!

Über viele Seiten ziehen sich später solche Häufungen von synonymen Ausdrücken hin. Variationsreihen und Assoziationsketten werden gebildet, Stabreim, Binnenreim und Endreim treten als pure Klangspielereien auf – kurz, die Sprache beginnt sich selbständig zu machen. Beträchtliche Teile der späteren *Phantasus*-Fassungen lassen sich überhaupt nicht mehr von irgendeiner Aussage, einem Sinn her würdigen, sondern nur als sprachliches Experiment, als der Versuch, die Begrenzungen des menschlichen Sprechens zu erweitern, ihm womöglich neue Bereiche zu erschließen. Damit erweist sich Holz allerdings als höchst „modern", und in der Tat ist sein Einfluß auf Expressionismus und Dada nicht ohne Belang. Alfred Döblin, der Schöpfer von *Berlin Alexanderplatz*, hat stets betont, daß von Holz viel zu lernen sei. Aber in erster Linie ging es Holz selbst doch um das Ganze, das „Weltgedicht" der Moderne, und es ist ihm kaum voll bewußt geworden, wie hier seine Sprache über ihn hinauswuchs und autonom wurde.

Gerade sein großes Ziel, das „Weltgedicht", vermochte er jedoch nicht zu erreichen, nicht nur aus künstlerischem Unvermögen, sondern auch aus seinen geistigen Voraussetzungen heraus. Was Holz im *Phantasus* betreibt, ist eine Religion des Sichtbaren und Hörbaren. Nur noch auf das sinnlich Erfaßbare scheint ihm Verlaß. Gelegentliche Psalmisten-Begeisterung darf darüber nicht täuschen. Das Wesentliche sprechen Gedichte wie dieses aus:

Horche nicht hinter die Dinge. Zergrüble dich nicht. Suche nicht [nach dir selbst.
Du bist nicht! (S. 71)

Holz hat gerade diesem Gedicht besondere Bedeutung beigemessen, und es drückt in der Tat die Überzeugung nicht nur seines Autors, sondern auch allgemein eine Skepsis aus, die zu den wesentlichen Merkmalen im geistigen Bild der Jahrhundertwende gehört. Aber aus einer solchen Voraussetzung läßt sich eben kein „Weltgedicht", kein lyrisches „Weltbild" entwickeln, ebensowenig wie sich von einer Proteus-Natur im Grunde ein zusammenhängendes „lyrisches Selbstporträt" geben läßt – alles Absichten, die Holz mit seinem *Phantasus* vorhatte. Was sich allenfalls aus solcher Voraussetzung entwickeln läßt, ist das Festhalten des Augenblicks, des Gedankenfragments, des Splitters einer Empfindung. Holz hat ebendas in seinen frühen *Phantasus*-Gedichten versucht, dort, wo er den Menschen in seiner Spannung zwischen Wirklichkeit und Sehnsucht zeigt und dem Konkretesten und Alltäglichsten Poesie abzulauschen versteht:

Die Künstler staunten und staunen vor dieser Natur in Demut; und es gab noch keinen, der nicht selig war, wenn es ihm gelang, in sein Werk aus ihr auch nur ein Stäubchen zu retten! Die N i c h t - künstler sehn in der Natur überhaupt nichts. Wenigstens nicht schon durch sich von vorneherein. Für jede Kleinigkeit, und sei es auch nur die besondere Biegung eines Grashälmchens, oder die „verlorene Schönheit" von einem Paar Klotzkorken, das im Sonnenschein auf einer roten Diele steht, müssen immer erst die Künstler kommen und ihnen die balkendicken Hornhäute von neuem operieren. (Bd. X, S. 198)

So sind die frühen *Phantasus*-Gedichte eigentlich das Vollendetste, was Holz als Lyriker geschaffen hat. Sie werden zugleich als Dokument einer um Neues ringenden Zeit Bedeutung behalten.

VERZEICHNIS DER GEDICHTANFÄNGE

INHALT

Arno Holz / Johannes Schlaf

IN RECLAMS UNIVERSAL-BIBLIOTHEK

Die Familie Selicke. Drama. Nachwort von Fritz Martini. 85 S. UB 8987

Papa Hamlet. Ein Tod. Im Anhang: »Ein Dachstubenidyll« von Johannes Schlaf. Nachwort von Fritz Martini. 117 S. UB 8853

Der erste Schultag. – Die papierne Passion. In: Prosa des Naturalismus. Herausgegeben von Gerhard Schulz. 276 S. UB 9471

Krumme Windgasse 20. Studie aus dem Studentenleben. In: Die deutsche Literatur in Text und Darstellung. Band 12: Naturalismus. Herausgegeben von Walter Schmähling. 336 S. UB 9645

Arno Holz

Phantasus. Verkleinerter Faksimiledruck der Erstfassung. Herausgegeben von Gerhard Schulz. 159 S. UB 8549

Die Kunst. Ihr Wesen und ihre Gesetze. – Revolution der Lyrik. In: Theorie des Naturalismus. Herausgegeben von Theo Meyer. 326 S. UB 9475

Philipp Reclam jun. Stuttgart